니콜로 장편 소설

FUSION FANTASTIC STORY

ARENA

아레나
이계사냥기

아레나, 이계사냥기 7

니콜로 장편 소설

초판 1쇄 찍은 날 § 2015년 6월 26일
초판 1쇄 펴낸 날 § 2015년 7월 3일

지은이 § 니콜로
펴낸이 § 서경석

편집책임 § 박은정

펴낸곳 § 도서출판 청어람
등록번호 § 제387-1999-000006호
등록일자 § 1999. 5. 31
어람번호 § 제1-2162호

주소 § 경기도 부천시 원미구 부일로 483번길 40 서경B/D 3F (우) 420-822
전화 § 032-656-4452 팩스 § 032-656-4453
http://www.chungeoram.com
E-mail § chungeorambook@daum.net

ISBN 979-11-04-90296-3 04810
ISBN 979-11-04-90152-2 (세트)

FUSION FANTASTIC STORY

니콜로 장편 소설

ARENA

아레나

이계사냥기

7

도서출판 청어람

ARENA
아레나
이계사냥기

CONTENTS

1장

토벌

데포르트 항구에 도착하기까지 24일이 걸렸다.

예상했던 보름보다 더 오래 걸린 이유는 바로 갈큇발 독수리 새끼들의 체력 때문이었다.

하루 종일 비행할 정도로 체력이 좋지 못해서 계속 쉬어줘야 했던 것이다.

새끼들이 지친 것 같으면 알려달라고 지시해 놨더니, 반나절마다 한 번씩 삑삑거리며 새끼들이 지쳤음을 두 쌍의 부모가 알려왔다. 그걸 따라하는지 새끼들도 힘들 때마다 삑삑대며 투정을 부렸다.

동물에게 관대한 차지혜는 그때마다 강행군을 하지 않고 휴식을 결정했다.

가공간에 미리 잔뜩 챙겨놓은 먹이를 준 덕에 갈큇발 독수리들은 오는 길에도 무럭무럭 성장했다.

원래 성체였던 두 쌍의 부모 갈큇발 독수리들도 성장기마냥 하루가 다르게 자랐다.

그렇게 얼마나 달렸을까.

24일째의 오후.

데포르트 항구의 정경이 보이기 시작했다.

'이대로 갈큇발 독수리들을 데려가면 난리가 나겠지?'

한참 성장하던 참이라 시간이 정지되어 있는 가공간에 넣어놓기도 싫었다.

난 해적군도 토벌에 갈큇발 독수리들을 톡톡히 써먹고 싶었다. 때문에 토벌에 나서기 전에 새끼 6마리가 충분히 싸울 수 있을 때까지 성장시킬 참이었다.

난 첫째부터 열째까지를 쭉 모아놓고 지시를 내렸다.

"인근의 산속에서 지내고 있어. 되도록 사람들 눈에는 띄지 말고."

"삐이익―!"

"삐익!!"

열심히 대답하는 10마리.

난 가공간에 남아 있는 먹잇감을 모조리 꺼내주었다. 10마리가 제각각 먹잇감을 두 발로 단단히 쥐었다. 저걸로 부족하면 지들이 알아서 사냥해서 먹겠지 싶었다.

그런데 차지혜가 새로운 의견을 제시했다.

"사람들 시선이 걱정되면 차라리 바다로 나가는 게 어떻습니까?"

"바다요?"

"적당한 무인도에서 자리 잡고 마음 놓고 키우면 됩니다."

"하지만 무인도에서는 쟤들 먹이를 구할 수가 없잖아요."

"물고기를 못 먹는 건 아닌 것 같습니다만."

"아!"

생각해 보니 바닷속에도 먹이는 풍부했다.

"쟤들이 물고기를 먹을까요?"

"현호 씨 노트북에 저장되어 있는 자료들을 살펴보았습니다. 강가에 서식하는 갈큇발 독수리들은 물고기도 사냥한다고 나와 있었습니다."

그런 것까지 세심하게 살펴보다니!

'동물을 좋아하는 게 확실해.'

나는 차지혜의 의견에 따르기로 했다. 생각이 바뀌자 나는 일단 독수리들을 죄다 가공간에 넣어버렸다. 그리고는 항구로 가서 집정관저에 있는 아젠 연대장을 찾아갔다.

현재 데포르트 항구는 집정관이 부재중이기 때문에 그다음 서열인 아젠 연대장이 집정관 대행을 맡고 있었다.

"킴 준남작!"

아젠 연대장이 매우 반갑게 우리를 맞이했다.

나는 사정을 대충 설명하면서 배를 한 척 빌려달라고 요청했다.

"정말 해적군도를 토벌하실 생각이오?"

"예, 조금 오래 걸릴지도 모르니 천천히 준비할 생각입니다. 목적을 달성할 때까지 바다에서 지낼 생각입니다."

"음, 두 분이서 타실 거면 큰 배가 필요 없겠구려."

"예."

"알겠소. 항구를 지켜주신 은인에게 그깟 배는 문제가 되지 않소. 다만 단 두 분이서만 해적들과 싸우신다니 걱정될 뿐이지."

"그 점은 염려 마십시오."

"하긴, 헤이싱조차 처치하신 분인데 해적 잔당들 따위야……."

아젠 연대장은 내일까지 조치를 취해주겠다고 확답을 주었다.

다음 날, 선착장에 가보니 정말로 병사들이 우리에게 돛단배 한 척을 내주었다. 늙은 어부 빈센트의 돛단배보다는 훨씬 크고 튼튼했다. 배를 조종하는 것 역시 문제없었다.

실프가 있고 운동신경도 마스터했거든.

전에 빈센트가 하던 걸 봤기에 나는 어렵지 않게 배를 몰아 바다로 향했다.

"실프!"

─냐앙?

"인근에 사람이 접근하지 않는 무인도가 있나 찾아봐 줘."

─냐앙!

귀여운 실프는 꼬리를 살랑이더니 쏜살같이 어디론가 날아 갔다. 한나절을 줄곧 항해한 끝에 적당한 무인도를 찾아냈다.

지름 1㎞ 정도밖에 안 되는 작은 섬이었다. 나무나 풀은 많 았지만 식량과 식수를 구하기가 매우 어렵겠다는 생각이 들었 다.

'뭐, 상관없지만.'

이럴 줄 알고 물통을 가공간에 잔뜩 챙겨놓았거든. 차지혜 의 아이템 백팩에도 물이 잔뜩 있고 말이다.

식량은 독수리들 줄 먹이로 잡아놓은 짐승 사체를 손질해 구워먹거나 바다에서 잡은 해산물을 먹으면 된다. 여차하면 항구까지 내가 날아서 다녀와도 된다.

일단은 가공간에서 갈큇발 독수리 10마리를 죄다 꺼냈다.

"삐이익!"

"삐익?"

갈큇발 독수리들은 사방을 둘러보며 의아해했다. 얘들 입장 에서는 갑자기 장소가 바뀐 셈이니 당황할 만했다.

"자자, 당황하지 말고. 당분간 이 섬에서 지낼 거니까 너무 멀리까지 날아다니지 말고."

"삐익!"

"삐이익!"

"삐익!"

이구동성으로 대답하는 갈큇발 독수리들.

엄청난 덩치에 흉악한 발톱이 있음에도 귀엽게 보였다.

*　　　*　　　*

새끼 6마리가 비행에 익숙해졌을 무렵, 두 쌍의 부모 갈큇발 독수리는 새로운 방식의 사냥에 나섰다.

일단 먹이로 가공간에 보관해 놓은 고기 조각을 피와 함께 바다에 뿌려둔다. 그리고 그 미끼에 끌려 수면 가까이까지 올라온 커다란 육식성 물고기를 갈퀴 같은 발톱으로 낚아채는 것이다.

참치와 비슷하게 생겼지만 정확한 종은 알 수 없는 생선! 길이만 2미터가 넘는 엄청난 어류였다.

"데포르트 항구의 어부들이 종종 잡는 놈이네요. 먹어도 될 것 같아요."

우리는 부모 독수리들이 잡아온 생선을 먹을 만큼만 잘라서 구워 먹었다. 물론 나머지는 독수리들 몫이었다.

심심할 일은 없었다. 우리는 가공간에 가져온 태블릿PC로 전자책을 읽거나 노트북으로 게임을 즐겼다. 스마트폰을 만지작거리며 시간을 때우기도 했다. 태양열 충전 배터리를 챙겨 왔기에 전력도 문제없었다.

마치 휴양지에 온 느낌!

삑삑대는 독수리들만 제외하면 차지혜와 단둘만이 있는 낙원이었다.

해변에서 헤엄을 치고 놀거나 선탠을 즐기기도 했다. 참고로 서툴렀던 내 수영 실력은 일주일 만에 차지혜를 능가했다.

날이 더워서 옷을 거의 벗고 있는 날이 많았다. 덕분에 마음도 점점 개방적으로 되었는지, 우리는 서로에 대한 애정 표현에 거리낌이 없어졌다. 물론 주로 내가 표현하고 차지혜는 받아주는 식이었지만.

그렇게 시간이 얼마나 지났을까?

—성명(Name): 김현호
—클래스(Class): 4ㅁ
—카르마(Karma): +5ㅁㅁ
—시험(Mission): 해적군도를 토벌하라.
—제한 시간(Time limit): 132일 4시간

"이제 슬슬 해적군도 토벌에 나서야 할 듯합니다."

차지혜가 말했다.

달콤한 시간이 끝나서 아쉽지만 나는 그녀의 의견에 동의할 수밖에 없었다.

"그래요. 어떤 변수가 있을지 알 수 없으니까요."

혹시라도 어떤 변수가 발생해서 어려움이 생길 수도 있다.

그때는 데포르트 항구로 돌아가 아젠 연대장에게 지원 요청이라도 해야 한다. 그렇듯 무슨 일이 생길지 모르니까 여유 시간을 충분히 가진 채로 싸움에 임하는 것이 옳았다.

무엇보다 새끼 갈퀏발 독수리 여섯 마리도 웬만한 성체만큼

자랐고 말이다. 두 쌍의 부모 갈큇발 독수리 4마리는 이전의 두 배로 자라버렸다. 힘도 어찌나 좋아졌는지, 이젠 바닷속으로 잠수해서 대형 물고기를 낚아챈 후 다시 솟아오르는 재주까지 부렸다.

"좋아, 그럼 출발하죠."

우리는 배에 올라 해적군도를 향해 움직였다. 오랜 시간이 흐른 터라 리창위도 해적군도를 떠나고 없었다.

'헤이싱 일파가 해적단을 맡고 있었다. 헤이싱 일파는 이제 없고 해적단도 박살 났다. 리창위는 더 이상 이곳에 관심이 없을 거야.'

리창위 일파는 리창위 일파대로 마정을 대량 획득하는 자기들만의 방식이 있을 것이다.

해적군도를 찾는 것은 어렵지 않았다. 아젠 연대장이 챙겨 준 해도에 표기된 항로를 따라가면 되니까 말이다.

작은 섬 여러 개가 모여 있는 군도.

어설프게 만들어진 선착장마자 해적선이 잔뜩 밀집되어 있었다.

그럼 인사나 나눠볼까?

나는 AW50F를 소환해 해적선들을 향해 쏴 갈기기 시작했다.

타아앙! 타앙! 타앙—!

해적선들의 마스트가 줄줄이 쓰러지기 시작했다.

해적군도가 소란스러워졌다.

해적들에게는 목숨처럼 귀중한 배가 박살 나기 시작한 것이다.

"그때 그놈이다!"

"제기랄!"

"빨리 배부터 빼!"

해적들이 우르르 해적선으로 향했다. 하지만 나는 계속해서 저격으로 해적선 6척을 침몰시켰다.

배를 타고 바다로 나온 해적들이 우리를 향해 덤벼들었다.

하지만 부질없는 짓이었다.

나는 실프를 시켜 돛단배를 움직이며 계속 저격을 했다.

타앙— 타앙—!

우리에게 접근도 못해 보고 3척이 더 침몰했다. 해적들은 그제야 뱃머리를 돌며 달아나기 시작했다.

나는 계속해서 총을 쏴서 2척을 더 침몰시켰다.

역시나 예상대로 중국 시험자들이 없어서 내 저격을 막을 방도가 해적들에게는 없었다.

해적선들이 해적군도의 반대편으로 우르르 후퇴했다.

"상륙할까요?"

"예."

우리는 해적군도의 선착장에서 내렸다.

해적선을 모두 격침시키지 않고 내버려 둔 데는 이유가 있었다.

해적들이 타고 도망칠 배는 필요하기 때문이다. 도망칠 구명을 모두 막아버리면 끝까지 저항하기 때문에 해적군도 토벌이 더 번거로워진다.

"공격해!"

내가 명령을 내리자 갈큇발 독수리 10마리가 요란스럽게 울며 해적군도로 날아들었다.

"삐이이익!"

"삐이익!"

키운 보람이 있었다.

갈큇발 독수리들은 비교적 덩치가 작은 새끼들까지도 제각기 해적들을 한 명씩 집어 들고 하늘에서 떨어뜨려 죽였다.

나무 뒤에 매복해 있는 해적들도 갈큇발 독수리들의 시력을 피할 수 없었다.

"으아악!"

"이것들은 뭐야!"

해적들은 독수리들의 습격을 피해 매복해 있던 장소에서 뛰쳐나와야 했다.

나는 쌍권총으로 튀어나온 해적들을 족족이 쐈다.

타타타타탕!

"크헉!"

"컥!"

무차별 연사에 무더기로 쓰러지는 해적들.

한 발을 쏠 때마다 탄약보정 마스터가 적용된 총탄이 서너 명을 일격에 꿰뚫어 버렸다. 그런 사격을 쌍권총으로 난사하고 있으니 대량살상이 따로 없었다.

차지혜는 별달리 나설 의미를 찾지 못하고 내 곁을 지켰다. 혹시라도 가까이 접근한 적을 처치하겠다는 건데, 사실 내게 접근할 수 있는 해적조차 없었다.

갈큇발 독수리들은 자유롭게 해적군도를 헤집고 다니며 해적들을 내 쪽으로 몰았다.

나는 괴물 같은 독수리들에게 쫓겨 나타난 해적들을 쌍권총이나 AW50F로 사살했다.

사람을 살육하는 것이 이렇게 쉽나 싶을 정도였다.

탄창에 총알이 떨어질 때마다 리로드 스킬로 인해 가공간에 있는 총알이 자동으로 탄창에 채워진다.

"이 자식!"

"죽여 버려!"

해적들도 악에 받쳐 내게 활이나 석궁으로 대응했다. 하지만 그 또한 부질없는 저항이었다.

적의 원거리 공격 궤도를 볼 수 있는 궤도감지.

빠르게 움직이는 대상의 동선을 미리 예측할 수 있는 동체시력 마스터.

어디로 어떻게 날아올지 빤히 보이는 화살을 내가 맞아줄리가 없었다.

나는 날아오는 화살을 피하거나 권총 자루로 휘둘러 쳐 내며 계속 사격했다.

속절없이 죽어 나가는 해적들의 시체가 여기저기 무더기를 이루기 시작했다.

　우리는 섬을 하나씩 점거해 나갔다.

　저항하는 해적을 전부 사살하고 해적선을 눈에 보이는 족족 격침시켰다. 선착장과 다른 섬과 이어진 다리까지 전부 부줬다.

　그 후에 다른 섬으로 이동해서 같은 일을 반복.

　섬 몇 개를 같은 방식으로 토벌하니 일방적으로 당하던 해적들도 서서히 새로운 움직임을 보이고 있었다.

　실프를 시켜서 정찰해 보니 해적선과 해적들이 군도 북부에 위치한 커다란 섬에 집결하는 것이 포착되었다.

　결전을 치를 요량인 듯했다.

　'나야 좋지.'

　모여 있으면 한 번에 몰살시킬 수 있다. 총알도 넉넉하고 오히려 편했다.

　'숲으로 유인해 볼까?'

　쌍권총 난사도 좋지만 총알 낭비라는 생각도 들었다.

　숲을 불태워서 많은 숫자를 처치하는 것도 나쁠 것 같지 않았다.

　내가 이 말을 하니 차지혜가 다른 의견을 제시했다.

　"차라리 군도를 돌며 모든 배를 격침시키는 건 어떻습니까?"

　"……"

"해적선과 함께 식량창고도 불태워 없애면 번거롭게 싸우지 않아도 자연히 해적군도를 토벌될 거라고 생각됩니다. 보름만 놔둬도 해적들은 알아서 보트나 뗏목을 타고 이 군도에서 탈출할 겁니다."

"……."

"마음에 안 드십니까?"

"아뇨. 왜 진작 그 생각을 못 했을까 해서요."

차지혜가 제시한 작전은 총알 낭비를 막고 내 손에 직접 피를 묻히지 않아도 되는 방책이었다.

"마음에 드신다니 다행입니다."

"쓰다듬어도 될까요?"

"……왜 쓰다듬습니까?"

"잘했다고 칭찬해 줄려고요."

"필요 없습니다."

이젠 칼같이 거절하는 차지혜도 귀여웠다.

"일단 놈들의 배부터 격침시킬까요?"

"그게 좋겠습니다. 기동력부터 빼앗아야 하니 말입니다."

함께 배에 올라타면서 나는 그녀의 머리를 쓰다듬었다.

"왜 그러십니까."

"그냥요. 좋죠?"

"안 좋습니다."

"좋잖아요."

"안 좋습니다."

표정 하나 안 변하는 차지혜였다. 그러면서도 내 손길을 뿌리치지 않는다.

배를 타고 해적군도를 시계 방향으로 우회하며 나는 해적선을 보이는 족족 AW50F로 저격했다.

단 두 방.

마스트 두 개를 쏴서 나란히 쓰러뜨리면 된다.

혹시 몰라서 한 방을 더 쏴서 배 하단부에 큰 구멍을 뚫어버렸다. 침수되면서 해적선은 서서히 가라앉았다.

한 척, 두 척, 세 척······.

계속해서 해적선이 가라앉았다.

선착장에 정박된 해적선도 여지없이 격침시켰다.

그제야 해적들은 부랴부랴 배에 올라타 나를 피해 군도 반대편으로 달아나기 시작했다.

―냐아앙!

섬 옆을 지날 때, 주위를 정찰하던 실프가 날카롭게 소리치며 절벽 위쪽을 바라보았다.

나는 실프가 보내오는 정보를 머릿속으로 전달받았다. 상급 정령술의 효능이었다.

"절벽 위에 해적들이 숨어 있네요."

"매복 공격을 준비했던 모양입니다."

"제가 잠깐 다녀올 테니 노를 젓고 계실래요?"

"제가 가겠습니다. 실프로 저를 올려주십시오."

"좋아요."

나는 실프를 시켜서 그녀를 힘껏 위로 띄워 올렸다.

차지혜는 공중을 날아오르며 해적들이 매복한 절벽 위로 단숨에 뛰어올랐다.

절벽 위로 착지하면서 그녀는 허리춤에서 쌍곡도를 뽑아 들었다.

나는 실프를 통해 절벽 위의 상황을 전달받았다.

석궁, 활 따위를 가지고 절벽 위에 엎드려 숨어 있던 해적들이 차지혜의 등장에 깜짝 놀랐다.

차지혜는 가차 없이 쌍곡도를 휘둘러 해적들을 베어 죽였다.

"으아악!"

"아악!"

"커헉!"

무서운 칼부림.

마치 붉은 꽃이 피어나듯 그녀의 주위가 피 분수로 장식되었다.

가볍게 휘둘렀음에도 체력보정 상급 1레벨과 인공근육슈트의 증폭 효과가 발휘되어 강한 힘이 실렸다.

해적들은 여지없이 썰려 나갔다.

순식간에 매복한 해적들을 정리한 그녀는 거침없이 절벽 아래로 뛰어내렸다.

내 지시를 받은 실프가 차지혜를 받아 들어 돛단배로 옮겨 주었다.

     *   *   *

폭풍 같은 하루가 지났다.

해적단은 혼란과 공포에 휩싸여 있었다.

해적선을 전부 잃고 식량창고까지 불타버리는 데 채 하루도 걸리지 않았다.

더 무서운 점은 상황이 이 지경이 되었는데도 적의 얼굴을 제대로 본 사람이 없다는 점이었다.

"헤이싱 총수님을 죽인 그놈이 분명해!"

"빌어먹을! 식량도 배도 없는데 이젠 어떡하란 말이야!"

"악랄한 놈!"

"우릴 이 섬에서 굶겨 죽일 작정인 거야."

공포에 질린 해적들에게서 한탄과 성토가 터져 나왔다.

해적단의 각 선장들도 다급히 모여 대책을 상의했는데, 달리 뾰족한 수가 있을 리 없었다.

"……끝이다. 달리 선택의 여지가 없군."

건장한 체구에 여기저기 흉터가 있는 노인이 말했다.

임시 총수 브레멘.

그는 헤이싱을 비롯하여 강력했던 간부들이 대거 살해당하고 난 뒤에 임시로 총수가 된 사내였다.

그는 해적단에서 가장 오랫동안 선장으로 활약했던 연장자이기도 했다.

"총수님, 그럼 이제 우리 해적단은 끝장난 겁니까?"

"이, 이렇게 허무하게요?"

"그럴 순 없다고요! 그럼 우린 이제 어쩌라고요?"

"그보다는 당장 살아날 길부터 찾아봐야 해!"

"제기랄, 총수님 말씀이 옳아. 헤이싱 전 총수님도 없고 배도 깡그리 참몰됐어. 이제 해적단으로서 존립 자체가 불가능해졌다고!"

선장들이 너도나도 한마디씩 울분을 터뜨렸다.

대륙 서쪽의 바다를 지배하며 악명을 떨쳤던 해적단.

오러 마스터였던 전 총수 헤이싱을 비롯하여 저마다 강력한 힘을 지닌 간부들이 대거 유입되면서 해적단은 전성기를 맞이했었다.

검은 머리와 황색 피부를 가진 그들은 어느 순간부터 해적단을 장악하고서 지금껏 이끌어왔다.

그들은 강대한 무력을 바탕으로 육지까지 진출, 군대와 맞붙어도 지지 않아 승승장구를 했다.

많은 사람을 죽이고 수많은 재물을 모았다.

하지만 헤이싱은 얼마 전의 데포르트 항구 전투에서 죽었다.

해적단은 형편없이 패퇴하였고, 해적군도에 돌아오자 남은 간부들도 정체불명의 괴한에게 모조리 살해당했다.

한동안 혼란에 휩싸였던 해적단이었지만 새로운 총수를 뽑고서 반년에 걸쳐 간신히 재정비를 하였다.

그런데 이제 막 혼란기를 벗어났다 싶었을 즈음에 또다시 이런 일이 벌어진 것이다.

바로 헤이싱을 죽이고 데포르트 항구를 지킨 장본인의 습격이었다.

보이지 않는 공격으로 배를 한 척 한 척 침몰시켰다.

그리고 쥐도 새도 모르게 식량창고에 불을 질러버렸다.

식량창고를 지키고 있던 해적들은 적을 보지도 못했다고, 갑자기 불이 붙었다고 입을 모아 말했다.

한마디로 유령 같은 자였다.

해적단은 전의를 잃었고 임시 총수 브레멘은 결국 최후의 선언을 하는 수밖에 없었다.

"해적단을 해체한다."

"크흑!"

"이렇게 허망하게⋯⋯!"

해적단과 인생을 함께하였던 선장들이 통탄의 눈물을 흘렸다.

임시 총수 브레멘은 한숨을 쉬며 말했다.

"정신들 추슬러라. 이 군도를 빠져나가기 전까지는 아직 해체된 게 아니다."

격침당하지 않은 작은 배를 최대한 모으고, 나무를 베어다가 뗏목을 만드는 등 군도 탈출을 준비하자는 지시사항이 내려졌다.

식량도 없는 이곳 해적군도에서 가만히 굶어 죽을 수는 없는 노릇이었다.

그렇게 회의가 끝나고 선장들이 각자 부하들을 통솔하기 위해 흩어졌다.

그 모습을 가만히 바라보는 남자가 있었다.

"이제 이곳도 끝이군."

20대 중반 정도로 보이는 청년이었다.

평범한 해적으로 보이는 행색이었지만 햇볕에도 그을리지 않은 창백한 안색이 다른 이들과 달랐다.

"그럼 이곳에서의 내 역할도 이걸로 끝이라는 것이군."

창백한 청년의 혼잣말이 끝났을 때였다.

우우우웅!

청년에게서 어떤 검은 기운이 피어오르기 시작했다.

검은 기운은 해적군도의 사방으로 퍼져 나갔지만 누구도 그것을 알아차리지 못했다.

그리고…….

"뭐, 뭐야 저게?!"

한 해적이 기겁하며 소리쳤다.

"뭔데 그래?"

"어? 저, 저거……!"

그제야 다른 해적들도 해안가를 보며 덩달아 경악했다.

"끄으으…….."

"으아아!"

"하으으으으……!"

"우우우······!"

시체들이 괴이한 신음을 흘리며 바닷속에서 육지로 걸어 올라오고 있었다.

개중에는 다리 하나가 없어 기어 다니는 좀비도 있어 더욱 흉측함을 연출했다.

"조, 좀비다!"

"좀비가 나타났어!"

해적들 사이에서 비명이 터져 나왔다.

"여기도!"

"여기도 나타났다!"

"사방팔방에서!"

그랬다.

해적군도의 모든 방면에서 좀비 떼가 기어 올라오고 있었다.

수천, 수만, 숫자를 헤아릴 수도 없는 어마어마한 규모였다.

공포에 질려 우왕좌왕하는 해적들을 보며 창백한 안색의 청년이 나직이 중얼거렸다.

"너희는 위대한 대업을 꽃피우기 위한 비료가 되리라. 허니 그만하면 값진 죽음이 아니겠느냐. 살아 나가 버러지 같은 삶을 사는 것보다 훨씬 의미 있지 않겠느냐."

그러면서 청년은 인적 없는 곳으로 유유히 걸어갔다.

좀비 떼는 해적들을 닥치는 대로 공격했다. 아니, 살아 있는 모든 것을 공격했다.

"살려줘!"

"대체 우리한테 무슨 일이 일어나고 있는 거야!"

해적들은 도망칠 곳을 피해 이리저리 뛰어다녔다.

하지만 해적군도의 모든 섬 모든 방향에서 꾸역꾸역 좀비들이 기어 올라오고 있었다.

오랫동안 바닷속에 잠겨 있었던 듯 온갖 해산물을 몸에 걸친 채 기어 올라오는 좀비 떼는 공포 그 자체였다.

일부는 작은 배를 타고 탈출을 시도했다. 하지만 바다 깊은 곳에서 팔 여러 개가 수면 위로 튀어 올라와 배에 매달렸다. 바로 좀비 떼였다.

"으아악!"

"저리 가, 이 새끼들아!"

하나, 둘, 셋, 넷……

매달리는 좀비들이 많아지자 작은 배는 기울어지더니 끝내 뒤집혀 버렸다. 해적들은 채 헤엄을 쳐보기도 전에 좀비들에게 붙들려 함께 수장되어 버렸다.

그렇게 해적군도는 급속도로 지옥이 되어 가고 있었다.

창백한 안색의 청년은 더 이상 살아 있는 해적들이 보이지 않자 다시금 해안가로 나타났다.

수많은 해적의 시체가 산처럼 쌓여 있었다.

좀비 떼는 여전히 살아 있는 생명체를 찾아 배회하고 있었다.

"너희 모두 비료가 되어라."

그리 말하며 청년은 하늘로 양손을 뻗었다.

파아아아앗!

막 죽은 해적들의 시체에서 반딧불처럼 하얀 빛의 부스러기가 흘러나왔다.

수많은 빛의 부스러기가 하늘에 계속 모여들었다.

죽은 시체에서는 여지없이 그러한 빛의 가루들이 흘러나오고 있었다.

바로 영혼의 파편이었다.

살아 있는 생명체가 죽으면 영혼이 빠져나가면서 시체에 영혼의 잔흔이 남는다.

이 영혼의 파편을 모으고자 청년은 좀비 떼를 불러 대살육을 저지른 것이었다.

이윽고 한데 모인 영혼의 파편들은 주먹만 한 덩어리가 되어서 청년의 손에 들어왔다.

"이 정도인가."

청년은 별 감흥 없이 영혼의 파편 덩어리를 품속에 넣었다.

"영혼의 파편을 모으기 좋은 루트였는데 이렇게 끝이 나서 아쉽군."

그는 오랫동안 이곳 해적군도에서 활동해 왔다.

생명의 나무 같은 예외를 빼면 영혼의 파편을 가장 많이 남기는 생명체는 인간·엘프 등이었다.

해적들은 여러 곳을 누비며 사람을 죽여 왔다. 때문에 해적단은 영혼의 파편을 모으기가 아주 좋은 중요한 루트로서 관리되고 있었다.

하지만 그것도 오늘로서 끝나고 말았다.

"그럼 대업의 새로운 방해꾼을 처치하러 가야겠군."

청년은 바다를 향해 걸음을 옮겼다.

"크아아!"

"으어어!"

좀비 떼가 그 뒤를 따랐다.

"으으으!"

"흐으으……!"

좀비 떼에게 살육당한 해적들마저 좀비가 되어 일어났다.

모두가 청년의 뒤를 따랐다.

"시험자 김현호라고 했던가? 그자의 이름이……."

2장

대사제

무인도에 돌아와 다시 한가롭게 이틀을 보내고 있을 때였
다.

"삐이이이익—!"

바다에서 놀고 있던 갈큇발 독수리 한 마리가 날카롭게 소
리쳤다.

"일곱째입니다."

옆에 함께 누워 있던 차지혜가 말했다.

'헐, 어떻게 한눈에 알아본 거야? 주인인 나도 헷갈리는데.'

차지혜의 동물 사랑은 기이할 정도였다.

아무튼 일곱째의 반응을 보니 뭔가가 나타났다고 경고하는
듯했다.

이윽고 다른 아홉 마리의 갈큇발 독수리도 똑같이 소리를 질러댔다.

그제야 나는 뭔가 심각한 일이 벌어졌음을 알고 AW50F를 소환했다.

차지혜도 갑옷과 쌍곡도로 무장하며 전투 준비를 마쳤다.

실프를 시켜서 무인도 주변을 정찰했다.

그리고 나는 실프가 마음속으로 전달해 주는 충격적인 광경을 확인할 수 있었다.

좀비 떼가 바다를 건너고 있었다.

헤엄을 치는 듯 마는 듯 버둥거리며 바다를 가로지르는 엄청난 숫자의 좀비 떼!

그리고 한 청년이 유유히 걸음을 옮기며 바다를 가로지르고 있었다.

좀비 떼가 다리가 되어주고 있었다.

창백한 안색을 한 괴이한 청년은 좀비 떼를 밟으며 걸었다.

족히 수만 마리는 되어 보이는 좀비 떼.

그리고 그 무리의 주인으로 보이는 심상치 않은 청년.

'이게 진짜 시험이었구나.'

왜 해적군도 토벌 같은 쉬운 시험이 주어졌는지 비로소 깨닫게 되었다.

쉬운 시험이 아니었기 때문이다.

해적군도에 저런 놈이 숨어 있었던 것이다.

"좀비 떼예요. 숫자가 장난이 아니네요."

"예, 저도 보입니다."

"좀비 떼를 밟고 걸으면서 바다를 가로지르는 놈이 있어요. 얼굴을 창백하고 나이는 20대 중반 정도로 보여요. 해적들과 같은 복장을 하고 있고요."

"흑마법사로군요."

"예, 그런데 이렇게 어마어마한 숫자의 좀비 떼를 거느린 걸 보니 심상치 않아요."

"이번 9회차 시험의 타깃이 저 흑마법사라고 생각해 보면 보통 거물이 아닐 겁니다. 어쩌면 6인의 대사제의 한 사람일지도 모르겠습니다."

"6인의 대사제요?"

"시험은 시험자의 실력을 보고서 난이도가 결정됩니다. 현호 씨와 제 성장 정도를 감안한다면, 6인의 대사제의 한 사람 정도는 나와도 이상할 것 없다고 생각됩니다."

그렇군.

나는 차지혜의 추측에 동의하지 않을 수 없었다.

쉬운 시험을 내줄 리가 없었다.

특히 이런 싸움이라면 우리가 간신히 이길 수 있을 정도의 상대가 적으로 주어질 터였다.

"바다에서 싸우는 편이 좋겠어요. 육지에서는 저 많은 좀비 떼를 대적할 방법이 없어요."

"좋습니다."

내 의견에 동의한 차지혜는 휘파람을 불렀다.

그러자 갈큇발 독수리 첫째가 쏜살같이 달려와 차지혜 앞에 착지했다.

차지혜는 훌쩍 뛰어서 첫째의 등 위에 올라탔다.

길고 날씬한 두 다리로 목을 감싸서 몸을 고정한 채 쌍곡도를 뽑아 들었다.

"가자!"

"삐이익!"

첫째는 차지혜를 태운 채 날아올랐다.

무인도에서 지내면서 차지혜는 갈큇발 독수리들과 곧잘 어울려 놀았는데, 그 결과가 바로 저거였다.

그녀는 첫째를 자신의 전용 탈것으로 훈련시킨 것이다.

물론 동물 조련 중급 5레벨로서 구체적인 지시를 내릴 수 있는 내 도움이 필요한 일이었다.

내가 통역사처럼 차지혜의 말을 전달해 줘가면서 훈련을 도왔다.

이제는 내 도움 없이도 첫째를 자유자재로 조종하는 차지혜였다.

'어째 나보다 더 잘 다루는 것 같단 말이야.'

아무튼 나 또한 실프를 소환한 뒤, 바람을 타고 하늘을 날아올랐다.

좀비들은 수영을 제대로 하지 못했다.

죽은 시체라 그런지 물속에 가라앉지는 않았지만 그렇다고 수영 선수처럼 능숙하게 다니는 것도 아니었다.

저 좀비 떼와 싸워 지형적인 이점을 얻으려면 해상 전투밖에 답이 없었다. 이쪽은 마음대로 하늘을 날 수 있으니 말이다.

다만 변수는 저 거물급 흑마법사로 보이는 청년.

놈의 흑마법이 어떤 변수를 만들어낼지 모르는 일이었다.

"지혜 씨! 흑마법사를 노리세요. 제가 지원할게요!"

하늘을 날아다니는 중이라 정신없었지만 실프의 능력으로 인해 내 말은 차지혜에게 또렷하게 전달되었다.

"알겠습니다!"

차지혜의 목소리 또한 실프를 통해 내게 속삭이듯 전달되었다.

위험한 일이었지만 지난번의 경험으로 미루어보면 흑마법사는 근접전에 약했다. 그리고 근접 타격은 차지혜의 역할이었다.

하늘을 날고 있으니 흑마법사 청년의 위치가 한눈에 내려다보였다.

나는 AW50F를 놈을 향해 겨누고 방아쇠를 당겼다.

실프의 힘을 가득 담아 쏜 한 발!

터어어엉!

흑마법사 청년을 감싼 검은 장막이 나타나 총탄을 막아냈다.

하지만 실프의 힘이 탄착점까지 유지되는 강력한 일격이었기에 검은 장막도 찢어졌다.

그 틈에 차지혜가 첫째를 타고서 빠르게 급강하했다.

다시 한 번 흑마법사 청년이 검은 장막으로 몸을 보호했다.

나는 다시 한 번 방아쇠를 당겼다.

타아아앙!! 콰지직!

또다시 12.7㎜ 탄환이 검은 장막을 깨부쉈다.

그와 동시에,

파아아앗!

첫째와 함께 급강하한 차지혜가 곡예를 펼쳤다.

첫째가 흑마법사 청년의 바로 위에서 거꾸로 몸을 뒤집었다.

두 다리로 첫째의 목을 감싼 채 거꾸로 매달린 차지혜가 멋지게 쌍곡도를 휘둘렀다.

좌아아악!

뿜어져 나오는 시뻘건 분수.

하늘 높이 날아오르는 청년의 머리통.

성공이었다.

단 일격에 흑마법사 청년을 살해한 처치한 것이었다.

'근데 너무 쉬운데?'

차지혜도 나와 같은 생각이 든 모양이었다. 다시 자세를 바로 잡고 상승하면서 차지혜는 아무 감흥 없는 눈길로 흑마법사 청년을 바라보았다.

우리의 예상은 적중했다.

좀비 떼가 잘려 나간 청년의 머리통을 받아 들고 전달했다.

전달에 전달을 거듭한 끝에 청년의 몸뚱이에 다다랐다.

머리가 잘린 흑마법사 청년의 몸은 태연자약하게 좀비들이 건네준 머리통을 받아 들고 목에 붙였다.

흑마법사 청년은 스윽 나와 차지혜를 올려다보았다. 그리고 차갑게 웃는다.

"그다지 좋은 기분은 아니군."

나는 기가 막혔다.

'뭐야, 저놈은?

저놈도 언데드라도 되는 걸까? 사람이 머리가 잘리고도 멀쩡하다니!

'설마 아무리 공격을 가해도 멀쩡한 거 아냐?'

나는 한번 시험을 해보기로 했다.

한 손으로 AW50F를 조준하고, 다른 손으로는 권총 닐슨 H2를 꺼내 들었다.

두 개의 총기를 실프의 도움을 받아 흑마법사를 향해 조준했다.

두 개의 방아쇠를 일제히 당겼다. 약간의 시간 차로 AW50F가 조금 더 빨리 불꽃을 뿜었다.

타탕─!!

12.7㎜ 총탄이 흑마법사 청년의 검은 장막을 찢어발겼다.

그리고 찢겨 나간 틈바구니로 닐슨 H2가 쏜 357매그넘탄이 파고들었다.

퍼억!

심장이 있는 놈의 가슴에 구멍이 뻥 뚫려 버렸다.

"꺽!"

청년은 두 눈을 부릅떴다.

총탄에 터진 가슴께에서 피가 콸콸 쏟아졌다. 저건 누가 봐도 즉사감이었다.

'심장이 작살났는데도 사나 보자.'

나는 흑마법사 청년의 반응을 지켜보았다.

흑마법사 청년은 구부정하게 몸을 숙인 채 가슴에서 피를 콸콸 쏟아냈다. 바다가 붉게 물들었다.

그런데 그때, 청년의 입에서 쉴 새 없이 알아들을 수 없는 괴이한 언어가 흘러나왔다.

'흑마법의 주문인가?'

이윽고 뒤에 이어진 말은 나도 알아들을 수 있는 아레나 언어였다.

"운명이여, 너를 거슬러 영원을 가져옴이여, 억겁토록 숨 쉬리라."

쏟아져 바다를 붉게 물들이던 피가 역전됐다.

다시 역류하여 청년의 뚫린 가슴으로 모여들었다. 산란기의 연어들이 고향으로 돌아오듯이.

가슴의 상처가 아물었다.

흑마법사 청년은 나를 올려다보며 다시 한 번 웃는다.

"고통을 잊은 지 이미 오래. 내 몸뚱이는 오래전부터 의미 없는 무감각의 덩어리였지."

'괴물 같은 놈……'

나는 자꾸만 되살아나는 놈에게 치를 떨었다.

아무리 여기가 아레나라지만 저런 비상식적인 경우를 보고도 놀라지 않을 도리는 없었다.

"하지만 내 몸을 유린하게 놔두는 취미도 없다. 이젠 내 차례가 된 것 같은데, 시험자 김현호."

"……?!"

내 이름을 알고 있어?

순간, 머릿속으로 리창위가 스쳐 지나갔다.

'그래, 그놈이 저놈들과 결탁했겠지.'

시험자에 대해서도 발설했을 테고, 나에 대한 정보도 아는 대로 나불댔겠지.

이번에는 흑마법사 청년이 먼저 주문을 외기 시작했다.

그렇게 놔둘 까보냐?

'그 주둥이에 총알을 먹여주지.'

나는 다시 AW50F와 닐슨 H2를 겨누고 방아쇠를 당겼다.

타— 타앙—!!

쩌렁쩌렁한 총성과 함께 날아간 두 발의 총탄.

한 발은 검은 장막을, 또 한 발은 목을 찢어발겼다.

목이 폭발하면서 몸뚱이에서 머리통이 분리되어 떨어졌다.

이번에도 좀비 떼가 떨어져 나간 머리통을 주워 들고 전달에 전달을 거듭했다.

그런데 기괴하게도 분리된 상태에서도 청년의 머리통은 계속 주문을 외고 있었다.

폐가 목구멍을 거쳐 입까지 공기를 전달하지 않음에도, 머리통은 끊임없이 입술을 달싹거렸다.

마지막으로 전달받은 좀비가 청년의 목 위에 머리를 얹어주었다.

비로소 흑마법사 청년의 말이 소리가 되어 울려 퍼졌다.

"불꽃의 영광, 춤추는 폭염에 타오른, 잿더미의 잔해."

주문이 끝난 순간,

화르르르르르륵—!!

흑마법사 청년의 양손에서 검은 불꽃이 쏟아져 나왔다.

지옥에서 새어 나온 듯한 불길한 검은 불길은 주변에 있는 좀비들부터 집어삼켰다.

수십 마리, 수백 마리……

마치 좀비들을 장작 삼아 잡아 삼키며 불길은 점점 커져갔다.

좀비 떼를 수없이 포식하며 덩치를 키운 검은 불꽃은 비로소 나를 향해 솟아오르기 시작했다.

"피해요!"

나는 차지혜에게 경고를 한 뒤, 실프를 시켜서 신속히 하늘로 솟구쳐 올랐다.

그런데 검은 불꽃 또한 나를 쫓아 불기둥을 이루며 쫓아오는 것이었다.

아무리 높게 날아도, 아무리 멀리 이동해도 불길은 계속해서 나를 집요하게 쫓아왔다.

'따돌리기는 불가능한 건가?'

나는 잠시 실프를 시켜서 흑마법사 청년을 살펴보았다.

실프가 영상을 내게 보내왔다. 검은 불꽃은 놈의 두 손에서 시작되고 있었다.

'저 두 손을 없애 버리면 불꽃도 끊기겠군.'

나는 생각을 바꿔먹었다.

"바람의 가호!"

바람의 가호가 펼쳐지면서 실프와 융합했을 때와 비슷하게 바람을 자유자재로 다룰 수 있게 되었다.

나는 회오리로 내 온몸을 둘러싸 보호했다. 그리고 흑마법사 청년을 향해 돌진했다.

콰콰콰콰—!!

검은 불꽃이 똑바로 나를 덮쳤다.

나는 회오리로 불꽃을 해치며 흑마법사 청년을 향해 쏜살같이 날았다.

흑마법사 청년은 오히려 환영한다는 듯이 미소 짓고 있었다.

'그래. 간다, 개새꺄!'

AW50F를 집어넣고 닐슨 H2를 한 정 더 꺼내 쌍권총으로 무장태세를 전환했다.

검은 불꽃을 뚫고서 나는 마침내 흑마법사 청년에게 접근했다.

대략 8~9미터쯤.

실프의 도움 없이도 명중률 100%를 갖게 되는 사격 스킬의 적용 범위 10미터 이내였다.

"먹어라!"

타타타타탕!

나는 쌍권총을 난사했다. 하지만 총탄은 흑마법사 청년에게 닿지 않았다.

검은 불꽃이 총탄을 전부 집어삼켜 버린 탓이었다.

'그럼 검은 불꽃이 보호할 수 없을 정도로 가까이 접근하면 되지!'

나는 더더욱 놈에게 다가갔다.

마침내 둘 사이의 거리가 1미터 이내로 좁혀졌다. 우리는 코앞에서 서로를 바라보고 있었다.

"뭘 봐, 새꺄?"

나는 지척에서 권총을 들이대고 방아쇠를 당겼다.

파앙!

검은 장막이 357매그넘탄을 튕겨냈다. 이번에는 실프의 회전력을 실어서 계속 난사했다.

실프의 힘을 총탄이 타깃에 닿을 때까지 지속시키는 위력적인 사격술이었다.

타타타타타탕—!

무수히 많은 총탄이 검은 장막을 갈기갈기 해체하며 흑마법사 청년을 걸레로 만들었다.

청년의 손목에서 두 손바닥이 떨어져 나가자 흉악한 검은 불꽃도 거짓말처럼 사그라져 버렸다.

'내 예상이 옳았어!'

쾌재를 부르며 나는 계속해서 흑마법사 청년을 쌍권총으로 난사했다.

아예 몸뚱이를 조각내 버리면 부활하기도 힘들겠지 싶어서였다.

퍼퍼퍽!

흑마법사 청년의 육체가 사정없이 작은 육편이 되어 조각조각 흩어졌다.

꾸물꾸물.

떨어져 나간 살점과 뼛조각이 다시 청년에게 모여들어서 복원되었다.

나는 이를 악물며 계속 쌍권총을 쏴재꼈다.

그런데,

"크어어!"

"크아아!"

좀비 떼가 사방에서 모여들었다. 허우적거리며 헤엄치면서 나에게 꾸역꾸역 밀려왔다.

나는 쌍권총 사격 때문에 온몸에 두른 회오리를 해제한 상태였다. 회오리가 총탄의 궤도에 영향을 줄 수 있기 때문이었다.

"쳇!"

허를 찬 나는 양손에 쥔 닐슨 H2 두 정을 화려하게 놀리기 시작했다.

타타타타타탕! 타타타탕! 타타탕!

쌍권총이 전후좌우 사방으로 불꽃을 뿜었다.

어깨 뒤로 겨누고 쏘고, 겨드랑이 밑으로 쏘고, 양팔을 교차해서 쏘고, 다시 정면의 흑마법사 청년을 쏜다.

흑마법사 청년과 좀비 떼의 피와 육편이 튀었다.

빠르게 소모한 총알은 리로드 스킬에 의해 저절로 재장전이 되었다.

초급 1레벨밖에 되지 않는 합성스킬 사격은 정말 편리했다.

아무리 빠르게 난사해도 10미터 이내에서는 명중률이 100%!

더군다나 상급 정령술까지 합쳐져서 새로운 영역에 이르렀다.

사격 스킬의 명중률은 내가 직접 눈으로 보고 노린 타깃에만 적용된다.

내 시야에 닿지 않는 등 뒤나 양옆은 볼 수 없으니 사격 스킬이 적용되지 않아야 정상이었다.

하지만 나는 실프를 통해서 이 일대를 전부 보고 있었다.

실프가 내 주변 상황을 머릿속으로 전달해 주고 있었기 때문이다.

때문에 나는 아무렇게나 등 뒤와 양옆을 쏴도 무조건 명중시켰다.

미친 듯이 난사하는 357매그넘탄이 모조리 좀비의 약점인 머리통만 명중시켰다.

총탄 하나가 탄약보정 스킬과 실프의 힘까지 더해져서 네댓 마리를 동시에 꿰뚫어 버린다.

나는 모여드는 좀비 떼를 미친 듯이 학살하며 동시에 흑마법사 청년을 끊임없이 작살내고 있었다.

흑마법사 청년도 계속해서 재생했다. 좀비 떼는 아무리 죽여도 계속 모여들었다.

장기전으로 치닫는 양상 속에서 차지혜까지 끼어들었다.

콰직!

첫째 위에서 뛰어내린 차지혜가 좀비의 머리통 하나를 짓밟아 터뜨리며 착지했다.

그리고 바다 위에 떠 있는 좀비들을 징검다리 삼아 밟고 다니며 쌍곡도를 휘둘렀다.

발로 밟아 터뜨리고, 두 자루의 곡도로 날렵하게 목을 자르고, 그녀는 신들린 무녀의 춤사위처럼 화려하게 싸웠다.

하지만 이렇게 학살을 하는데도 좀비의 숫자는 여전히 많았다.

'이러다 끝이 없겠군.'

나는 다음 카드를 꺼내기로 했다.

"불꽃의 가호!"

나는 불꽃을 있는 힘껏 터뜨려 사방으로 뿜어냈다.

화르르르르르륵!

"끄아아!"

"으아아아아!"

"크어어!"

불꽃은 좀비들을 불태워 잿더미로 만들며 확산되었다.

그런데 이변이 발생했다.

태연자약하게 재생을 거듭하던 흑마법사 청년이 돌연 바닷속으로 잠수한 것이다.

머리도, 팔다리도, 몸뚱이의 조각들도 모조리 숨듯이 수면 안으로 들어가 버렸다.

불을 무서워하나?

'그렇구나.'

자연의 섭리를 거스르는 흑마법의 상극은 바로 자연의 힘인 정령술.

불사신처럼 재생해 대던 녀석도 카사의 불꽃에 불타면 다시 재생을 할 자신이 없는 듯했다.

'그렇다면!'

나는 카사를 소환했다.

"카사, 융합!"

─멍!

카사가 내 품에 뛰어 들어왔다.

화르르르─!!

내 몸의 모든 구멍에서 불꽃이 흘러나왔다. 불꽃의 가호까지 합쳐져 3배 이상 증폭된 파워였다.

나는 양손을 힘껏 휘저었다. 양방향으로 불꽃이 파도처럼 퍼져 나가 수백 마리의 좀비를 불태워 버렸다.

콰르르르릉!

"크어어!"

"으어어어!"

"흐아아!"

물에 잠겨 있지 않은 좀비들의 신체 부위가 모조리 불태워 졌다.

"지혜 씨, 올라가세요!"

"알겠습니다."

차지혜는 휘파람으로 첫째를 부르고는 훌쩍 올라타 하늘로 날아올랐다.

나는 안심하고 카사의 힘을 개방했다.

화르르르륵—!

불꽃의 파도를 마구 퍼뜨려 좀비 떼를 가차 없이 태웠다.

그런데 그때, 좀비들이 돌연 바닷속으로 잠수를 시도했다.

상당수는 불타 재로 화하였지만, 또한 상당수가 수면 아래로 숨어서 불길을 피했다.

불길이 지나가자 좀비들은 일제히 고개를 내밀었다.

'그놈이 조종하는 거구나.'

짜증이 치밀었다.

흑마법사 청년은 바닷속 깊이 잠수한 채 나올 생각을 안 하고 있었다.

하기야 몸뚱이가 육편이 돼도 되살아나는 괴물이 물속에서 숨 못 쉰다고 죽지는 않겠지.

'그럼 이대로 장기전을 하자 이거냐?

나쁘지 않다.

물속에서 네놈이 할 수 있는 일이라고는 좀비들을 조종하는 것밖에 없을 테니까.

좀비 따윈 아무리 많아도 겁나지 않다.

"모두 좀비를 잡아!"

나는 갈큇발 독수리들에게 명령을 내린 후, 나 또한 직접 불꽃을 뿜어대며 공격을 시작했다.

실프 역시 바람의 칼날을 쏟아내며 좀비들을 썩둑썩둑 썰어 버렸다.

갈큇발 독수리들이 상승과 하강을 반복하며 단단한 두 발로 좀비들의 머리를 뽑아 죽였다. 강철 갈퀴 같은 발톱은 좀비의 썩은 몸을 잘라 버리기에 충분했다.

차지혜 역시 아까처럼 좀비들을 밟고 다니는 묘기를 펼치며 쌍곡도를 휘둘렀다.

좀비들은 흑마법사 청년의 조종에 따라 수면 아래로 잠수했다가 다시 올라갔다가를 반복했다.

하지만 우리가 총공세로 학살하자 숫자는 급속도로 줄어갔다.

얼마나 시간이 흘렀을까.

까마득히 많았던 좀비 떼가 마침내 전부 썩은 시체가 되어 바다에 떠다녔다.

더 이상 신음성을 터뜨리며 움직이는 좀비는 보이지 않았다.

"자, 이제 어쩔 테냐?!"

나는 바닷속을 향해 소리쳤다.

놈은 달아나지 않았다.

길잡이 스킬이 놈이 아래에 있는 걸 알려주고 있거든.

아니나 다를까.

흑마법사 청년이 움직였다.

촤아악!

수면 위로 튀어나온 흑마법사 청년의 신형.

갈큇발 독수리들이 일제히 달려들었지만 날카로운 발톱들이 검은 장막에 가로막혔다.

공세를 뚫고 하늘 높이 날아 오른 흑마법사 청년은 이내 나를 내려다보았다.

"곤란한 놈이군. 수년간 모은 좀비를 전부 소진하게 만들다니."

"수년씩이나 준비한 게 겨우 그거면 안타까운 헛고생이네."

내 대꾸에 흑마법사 청년은 미소를 지었다.

"섭섭해하지 마라. 설마 그 정도뿐이겠느냐?"

청년은 품속에서 무언가를 꺼냈다.

그것은 하얀 빛을 내는 동그란 구슬이었다.

"이것이 무엇인지 아느냐?"

"……?"

나는 의문을 감추지 못했다.

'저게 뭐지?'

저 조그만 구슬이 수년씩 준비한 거라고?

그때였다.

'아!'

순간적으로 내 뇌리를 스치는 기억이 있었다.

"영혼의 파편을 뭉친 가짜 영혼을 불어넣으면 살아생전의 모습과 유사해진다."

놈들이 엘프들을 습격하고 생명의 나무를 해하려 했던 목적!

"가짜 영혼이냐?"

"호오, 역시 알고 있군. 존 오멘토 녀석을 처치하면서 알게 됐나 보군. 그 녀석 제자들이 좀 띨띨했는데."

그렇다면 저걸로 누군가를 부활시키겠다는 건가?

지금?

의문에 차 있는 나에게 흑마법사 청년이 말했다.

"작아 보여도 나름대로 대사제의 한 사람인 나 알란이 수년에 걸쳐 모은 성과란 말이지."

이제야 놈의 정체를 알게 되었다.

놈은 예상대로 6인의 대사제의 한 사람. 이름은 알란이라는 녀석이었다.

"대업에 보태야 할 이걸 이 자리에서 쓰기는 퍽 아까운데 말이지. 하지만 쓰긴 써야겠군. 시험자 김현호, 네놈은 그냥 놔두기에는 너무 위험해."

말을 마침과 동시에 대사제 알란은 빠르게 주문을 외었다.

파아아앗!

허공에서 별안간 블랙홀과도 같은 검정색의 어떤 통로가 열렸다.

그 통로로부터 시체 두 구가 나타났다.

'엇?!'

나는 경악을 금치 못했다.

두 구의 시체!

한 구는 곱게 빗은 흑발이 매력적인 젊은 여성. 큰 키와 백옥 같은 피부를 가진 전형적인 동양인이었다. 가슴께에 검에 찔린 듯한 상처가 보였다.

그리고 또 한 구는 뒤로 묶은 긴 머리칼과 양쪽 귀에 피어싱을 4개씩 주렁주렁 단, 다소 불량한 인상의 사내였다.

어찌 잊을까!

바로 내 손에 죽었던 헤이싱의 시체였다!

"놀랐나?"

알란이 물었다.

그의 말대로 나는 너무나도 놀랐다.

시험자의 시체가 아레나에 남아 있을 수가 있나?

내가 알기로 시험자가 죽으면 시체는 소멸된다. 강천성, 이혜수, 이준호 등이 죽은 자리에도 아무것도 없었으니까. 길잡이 스킬로도 시신의 잔해 하나 찾을 수 없었으니 사라진 것이라고 생각했다.

그게 아니었다고?

"너무 놀라진 마라. 신이 거두기 전에 내가 조치를 취해서 보관했으니까 말이야."

알란이 말했다.

"우주의 절대 진리인 율법이 행하는 것은 자연의 섭리. 시험자의 시체가 소멸되는 것 또한 자연의 섭리라 할 수 있지. 흑마법은 바로 그 섭리를 거스르는 이치이고 말이지."

그제야 의문이 다소 풀린다.

내가 헤이싱을 죽이고 난 후에 저놈이 시체를 빼돌린 모양이었다.

어떤 조치를 취해서 시체가 소멸되지 않게 보관했고 말이다.

이윽고 알란은 들고 있던 가짜 영혼을 두 개로 쪼개 버렸다. 그리고 각각 헤이싱과 젊은 중국 여성 시험자의 시체에 쑤셔 넣었다.

마치 생명의 불꽃이 스며들 듯 가짜 영혼이 두 구의 시체에 빨려 들어갔다.

번쩍!

두 사람이 눈을 떴다.

"자, 건투를 빌지. 나는 안에서 지켜보고 있으마. 아무래도 네 불꽃은 무서우니 말이지."

알란은 그대로 추락하며 바닷속으로 첨벙 들어갔다.

헤이싱과 여성 시험자 역시 아래로 추락했다.

그런데 여성 시험자가 손을 뻗자,

파앗!

어떤 에너지의 유동과 함께 두 사람의 몸이 허공에 붕 떴다.

'마법사구나!'

나는 여성 시험자가 마법을 메인스킬로 익혔음을 한눈에 알아냈다.

그보다 더 충격적인 사실.

흑마법사의 조종을 받는 언데드가 생전처럼 카르마 보상으로 습득한 스킬을 펼친다는 사실이었다.

저것이 바로 가짜 영혼으로 부활시킨 언데드의 진정한 위력이리라.

헤이싱은 곧장 나에게 날아들었다.

마법사의 서포트를 받는 헤이싱에게 더 이상 바다 위는 불리한 지형이 아니었다.

헤이싱의 두 주먹에 오러 피스트가 어렸다. 그리고는 생전처럼 번자권의 묘리로 소나기 펀치를 퍼부었다.

나는 깜짝 놀라 하늘로 솟구쳤다.

여성 시험자가 또다시 마법을 펼쳤고, 헤이싱은 그녀와 함께 날아올라 쫓아왔다.

저렇게 콤비플레이를 펼치니 생전보다 훨씬 까다롭다!

"돕겠습니다!"

차지혜가 첫째를 타고 날아오며 소리쳤다.

"여자를 노리세요! 헤이싱은 위험해요!"

"걱정 마십시오!"

우리는 공중에서 한데 뒤얽혀 싸우기 시작했다.

갈퀏발 독수리들도 주위를 배회하며 도우려 했지만 끼어들 여지가 별로 없었다.

가까이 접근했다가 헤이싱의 오러 피스트에 얻어맞았다가는 한 방에 즉사였다.

'어떻게 이긴다?'

나는 열심히 궁리하기 시작했다.

정답은 분명 있을 터였다.

늘 그랬듯이 말이다.

3장

알현

헤이싱은 주먹을 내지르고, 여성 시험자는 그의 어깨에 손을 짚은 채 비행 마법을 유지했다.

두 사람의 조합은 나와 차지혜보다 호흡이 좋았다.

근접전 최강의 헤이싱과 마법사의 서포트니 더할 나위 없이 적합한 콤비인 셈이었다.

반면 우리는 그보다 불리했다.

짧은 쌍곡도를 사용한 근접전이 주특기인 차지혜는 오러 마스터인 헤이싱에게 정면으로 맞설 수 없었다.

때문에 쌍권총이라는 원거리 무기를 든 내가 헤이싱과 정면 대결을 펼치고, 그녀는 간간히 기습하는 방식으로 서포트를 해야 했다.

그러니 상성과 조합이라는 측면에서 불리할 수밖에 없는 것이었다.

'이대로 싸워서는 유리할 게 없는데.'

쉽게 승부를 볼 수도 없을 것 같고, 더군다나 좀비 떼를 처치하느라 정령술의 소모도 컸다. 게다가 상대는 언데드. 스테미나도 무한대일 터였다.

나는 한 번에 승부를 보고 싶었다.

'그럼 노려야 할 상대는 바다 밑에 있는 저놈이로군.'

6인의 대사제 중 한 사람인 흑마법사 알란.

저놈만 죽이면 헤이싱과 여성 시험자도 움직임을 멈출 것이다.

그렇게 판단이 든 나는 차지혜에게 말했다.

"떨어져 계세요."

차지혜는 두말없이 첫째를 타고서 떨어졌다.

자연히 헤이싱과 여성 시험자는 나를 공격하였다.

콰아아아앙!

내 몸에 두른 회오리가 헤이싱의 오러 피스트에 얻어맞고 분해되었다.

부서진 회오리의 틈바구니로 헤이싱의 속사포 같은 펀치가 파고들었다.

나는 두 발로 헤이싱의 가슴팍을 힘껏 걷어찼다.

두 발에서 강력한 풍압이 뿜어져 나와 헤이싱과 나를 앞뒤로 밀어냈다.

그렇게 거리를 벌리고서는 쌍권총으로 마구 난사를 했다.

타타타타탕!

헤이싱은 오러 보호막을 펼쳤고, 여성 시험자는 방어 마법을 펼쳤다.

총탄이 모든 방어막을 찢어발겼지만, 여성 시험자는 계속해서 방어 마법을 중첩시키며 방어를 전담했다. 그사이 헤이싱이 다시 날아와 반격을 시도한다.

나는 뒤로 물러서며 두 사람을 내 쪽으로 끌어들였다.

아래로, 점점 아래로.

나는 두 사람과 격전을 치르며 점점 바다 수면에 가까이 다가갔다.

그리고…….

'지금이다!'

내 바로 발 밑쪽으로 알란의 위치가 잡혔다. 길잡이 스킬로 알란이 있는 방향을 탐지한 것이다.

"실프!"

─냥!

말하지 않아도 실프는 내 명령을 교감(交感)으로 전달받았다.

휘이이이잉!

실프가 강력한 바람으로 내 온몸을 빈틈없이 둘렀다. 바람의 막으로 둘러싸인 채, 나는 바닷속으로 돌진했다.

풍덩!

바닷물을 가로지르며 계속 해저를 향해 질주!

바닷속의 깊은 어둠을 헤치고 나아가니, 머지않아 알란으로 추측되는 사람의 실루엣이 언뜻 보였다.

나는 알란을 향해 돌진했다.

알란은 당황한 듯 피하려 했지만 내가 더 빨랐다.

'간다!'

나는 알란에게 붙었다. 나를 둘러싼 바람의 막 안으로 알란까지 들여보냈다.

그리고…….

"고통을 잊은 지 오래라고 했지? 그럼 타 죽어도 별로 감흥이 없겠네?"

"……!"

나는 불꽃을 일으켜 바람의 막을 가득 채웠다.

알란은 검은 장막으로 몸을 감싸 보호했다. 하지만 내가 쌍권총으로 마구 난사해 보호막을 깨뜨렸다. 깨진 보호막 틈바구니로 불꽃이 밀려들어 갔다.

화르르르르륵!

"크아아아악!"

알란이 불에 타오르며 비명을 질렀다.

그때, 알란의 머리 위에서 다시 검은 공간이 열렸다. 그 안에서 각종 괴물의 골격이 쏟아져 나왔다. 저것도 언데드들인 모양이었다.

타타타타타타타탕!

나는 쌍권총으로 쏟아져 나오려는 해골 괴물들을 박살 내며 계속 알란을 불태웠다.

화르르르르륵!

그렇게 얼마나 시간이 흘렀을까.

슬슬 불길로 인하여 바람의 막 안의 산소가 떨어졌을 때 즈음, 파앗!

하고 알란이 열어놓았던 검은 공간이 닫혔다. 알란은 불타 형체가 보이지 않았다.

'이제 된 건가?'

길잡이 스킬로 알란의 위치를 확인해 보았다. 느껴지지 않았다.

알란이 이 세상에 존재하지 않는다는 뜻이었다.

그렇다면 성공이었다.

그 불사신 같았던 괴이한 놈을 죽이는 데 성공한 것이었다.

'슬슬 숨 쉬기도 힘든데 올라가야겠다.'

나는 바다에서 빠져나왔다. 수면 위로 올라오자 차지혜가 첫째를 타고 날아왔다.

"헤이싱은 어떻게 됐죠?"

"떠났습니다."

"떠났다고요?"

죽은 게 아니라?

"예, 어찌할 바를 모르는 듯하더니 둘이 함께 어디론가 떠나 버렸습니다."

나는 의아함을 느꼈다.

알란이 죽었으면 알란이 만들어낸 언데드도 다시 죽어야 정상이 아닌가?

"가짜 영혼을 불어넣어서 만든 언데드는 조종자가 죽어도 살아 있는 모양입니다."

차지혜의 말이 타당성 있었다.

어찌할 바를 모르다가 떠나버렸다는 것은 조종자가 죽어서 통제에서 벗어났다는 뜻으로 해석할 수 있겠지.

그런데 그때였다.

파앗!

해상 위에서 시험의 문이 나타났다.

"석판 소환."

—성명(Name): 김현호
—클래스(Class): 4□
—카르마(Karma): +6□□
—시험(Mission): 해적군도를 토벌하라. (달성)
—제한 시간(Time limit): 12□일 17시간

시험이 클리어됐다.

이번 시험의 진정한 목적은 바로 대사제 알란이었음이 확실해졌다.

헤이싱과 여성 시험자가 사라져 버려서 완전히 마무리되지 않은 찜찜한 기분은 들었지만, 어쨌든 이번 시험과는 크게 상관이 없는 모양이었다.

우리는 바로 시험의 문을 통과하지 않고 일단 무인도로 돌아갔다.

인공근육슈트를 벗어서 가공간에 넣어두고, 갈큇발 독수리들까지 가공간에 들여보냈다.

"이제 갈까요?"

내 말에 차지혜가 문득 다른 의견을 냈다.

"아직 129일이라는 시간이 남았습니다."

"그렇죠."

"그럼 그동안 다른 일을 할 수 있지 않겠습니까?"

"가능하겠죠."

제한 시간이 남아 있는 이상, 바로 귀환하든 좀 더 아레나에 남아 있든 시험자가 선택할 수 있는 사항이었다.

"그럼 남은 기간 동안 갈큇발 독수리들을 좀 더 키우는 건 어떨까 싶습니다."

"아!"

나는 감탄을 했다.

왜 그 생각을 못했지?

갈큇발 독수리들은 아직 더 성장할 여지가 많았다.

마스터까지 올려놓은 성장촉진 스킬에 의해서 일반적인 갈큇발 독수리의 3배까지 성장할 수 있는 것이다.

그럼 다음 시험에 대비해서 이렇게 여유가 있을 때 키우는 편이 이로웠다.

게다가 여긴 아무도 없는 섬!

여긴 차지혜와 나만의 휴양지였다. 129일이나 되는 휴가인
셈이었다.

"좋아요. 그렇게 해요."

그렇게 한가로운 휴가가 시작되었다.

노트북도 있겠다, 스마트폰도 있겠다, 태양열 배터리도 있
겠다, 놀 거리는 한 가득이었다.

이런 일을 대비해서 노트북에 게임을 잔뜩 깔아놓았거든.

때로는 정신없이 게임을 하고, 때로는 차지혜와 함께 갈퀏
발 독수리들을 타고 하늘을 날면서 데이트를 즐겼다.

얼마나 시간이 흘렀을까.

대략 한 달쯤 시간이 흘렀을 때였다.

"삐이이익!"

전보다 훨씬 덩치가 커진 셋째가 소리를 질렀다.

또 뭐가 나타났나 싶어서 실프를 보내 정찰해 보니, 바로 데
포르트 항구 소속의 군함(軍艦)이었다.

'아젠 연대장이 보냈구나!'

군함들의 진로는 해적군도.

아마도 아젠 연대장이 우리의 안위가 걱정되어서 정찰 겸
보낸 듯했다.

"무슨 일입니까?"

차지혜가 물었다.

"데포르트 항구에서 우리의 안위를 살피려고 해군을 파견한 모양이에요."

"한번 다녀와야겠습니다."

"그러죠."

일단 갈큇발 독수리들은 무인도에서 지내게 놔두고 우리는 실프로 날아서 바다를 가로질렀다.

해적군도를 향해 항해하는 군함들의 모습이 눈에 들어왔다.

"중앙의 저 군함이 기함(旗艦, 사령관이 타고 있는 군함)일 겁니다."

"우와, 그걸 알아보세요? 군인 출신답네요."

내 칭찬에 차지혜는 덤덤히 대꾸했다.

"길잡이 스킬로 아젠 연대장이 타고 있는 걸 알아냈을 뿐입니다."

"……"

어쨌든 우리는 그 군함에 착지했다.

하늘에서 갑자기 우리 두 사람이 내려오자 군함에 탄 병사들이 깜짝 놀랐다.

"누, 누구냐!"

"꼼짝 마!"

우르르 무기를 갖고 우리를 포위했다.

하지만 일부 병사들이 우리를 알아보았다.

"아, 영웅님이다!"

"영웅 킴 준남작님이시잖아!"

"해적들을 물리친 영웅들이야. 무기 치워 바보들아!"

그렇게 긴장감이 풀리고서 한 바탕 소란이 벌어진 끝에 아젠 연대장이 나타났다.

"무사하셨구려!"

"예, 그쪽도 별일 없었죠?"

"새로운 집정관이 임명되었다는 통보를 받은 것 외엔 없소. 그런데 대체 어찌 되신 거요?"

나는 지난 싸움의 결과를 대충 들려주었다.

좀비들의 잔해를 발견하게 될지도 모르니 흑마법사와 싸웠다는 사실도 알려줬다.

"해적군도를 전부 소탕한 것도 모자라 엄청난 거물 흑마법사와 싸워서 이기기까지 하셨구려!"

아젠 연대장의 얼굴에 경외와 감탄의 빛이 어렸다.

어쨌든 해적군도가 토벌되었다는 내 말에 아젠 연대장은 함대에 철수 명령을 내렸다.

아젠 연대장이 성대한 연회를 열겠다고 하는 것을 거절하고 다시 무인도로 돌아왔다.

그리고 1개월쯤 지나니 교신기로 통신이 왔다.

바로 오딘의 번호였다.

"오딘?"

—현호!

반갑게 소리치는 쾌활한 목소리는 바로 마리였다.

곧 오딘이 교신기를 빼앗았는지 그의 목소리가 들렸다.

—잘 지내셨소?

"예, 시험은 클리어했고 귀환을 미룬 채 쉬고 있었어요."

—그렇구려.

"아, 그리고 그 대사제 6명 중에 알란이라는 놈을 처치했어요."

—그쪽 팀이 처치했다는 거물급 흑마법사가 대사제들 중 하나였소?

"어라? 저희 소식 들었나요?"

—말도 마시오. 지금 아레나 세계 전체에 당신 이름이 떨치고 있소. 킴 준남작이 누구냐고 온 나라 정계가 들썩이고 있지.

"그래요?"

—아만 제국도 손도 못 대던 해적단을 격퇴했고 악명 높은 헤이싱까지 처치하셨잖소. 게다가 얼마 전에는 홀로 해적군도를 토벌하셨다지?

"예, 그렇긴 한데 그게 벌써 소문이 쫙 난 줄은 몰랐네요."

—교신기 덕분이오. 아만 제국에 있던 노르딕 시험단 멤버가 소식을 듣고 널리 알렸소. 덕분에 나도 이렇게 연락했고 말이오.

다른 세계에서 온 이방인인 내가 이곳 아레나에서 널리 알려지게 되었다는 게 신기하게 느껴졌다.

이러다가 오딘처럼 나도 어디서 높은 자리 하나 얻는 게 아닌지 모르겠네.

─아무튼 대사제를 죽였다면 김현호 씨는 시험의 최종 목적에 누구보다도 가까이 다가간 셈일 거요. 그만큼 많은 이의 표적이 되었을 테니 각별히 주의하시오.

"염려 마세요."

─하핫, 사실 진짜 용건은 이게 아니었는데 쓸데없는 잔소리만 했군. 시간이 된다면 이쪽으로 오지 않겠소?

"왜요?"

싫은데.

여기서 차지혜랑 더 놀고 싶은데.

내 휴가를 깨려 드는 오딘의 제안이 그리 좋게 들리지는 않았다.

하지만 이어지는 오딘의 말에 나는 놀라지 않을 수 없었다.

─아렌드 왕실에서 당신을 보고 싶어 하오. 내가 얼마 전에 국왕을 알현하여서 여러 이야기를 나눴는데 당신 얘기도 나왔소. 아마도 작위와 영지를 줄 것 같소.

"정말요?"

─당신만 한 강자라면 백작 정도쯤 되는 작위는 받을 거요. 영지는 아마 갈색산맥의 엘프들과 친한 점을 감안해 그 인근 지역이 될 테지.

나는 내가 영주가 될 것 같다는 소식을 차지혜에게 자랑했다. 하지만 차지혜는 늘 그렇듯 무덤덤한 반응이라 나를 재미없게 했다.

"그렇습니까. 잘됐습니다."

"……."

"기반이 생겼으니 앞으로 시험에 유리한 측면이 더 생기…… 왜 그러십니까?"

"몰라서 물어요?"

"예, 몰라서 묻습니다. 왜 그렇게 심통이 난 표정이십니까?"

"제가 이렇게 기뻐하는데 같이 기뻐해 주면 얼마나 좋아요?"

내 딴죽에 이번에는 차지혜가 꿀 먹은 벙어리가 되었다.

흐흐, 당황했군.

내색하진 않지만 난 알아차릴 수 있었다. 옆에 붙어 지낸 시간이 좀 길어야지.

"그런 일에 익숙하지 않습니다. 죄송합니다."

"익숙하지 않으면 연습을 하면 되겠네요, 그죠?"

"……그게 무슨 뜻이십니까?"

"말 그대로예요. 자, 어서 기뻐해 주세요."

"……."

차지혜의 무표정에 당혹이 더 뚜렷하게 드러났다.

"손뼉 치면서 영주님이 되셨다니 너무 기뻐요, 축하해요, 하고 영혼을 담아 소리쳐 보세요."

"싫습니다."

"저를 위해 기뻐해 주는 게 싫다고요?"

"그게 아니라……."

"에이, 됐어요."

나는 고개를 돌려 삐진 척을 했다. 그러자 우물쭈물하던 차지혜가 나직이 입을 열었다.

"2시간."

"3시간."

"좋습니다."

나는 차지혜의 머리를 쓰다듬기 시작했다. 차지혜는 무언가 불만 가득한 눈빛이 되었다.

*   *   *

나는 오딘이 있는 아렌드 왕국으로 돌아가기로 했다.

일부러 아젠 연대장에게도 작별 인사를 하지 않고 훌쩍 떠나버렸다.

아만 제국에 있어봐야 좋을 게 없다는 예감이 들어서였다.

나에 대한 소문이 널리 퍼졌다면, 아만 제국 왕실에도 전해졌을 터. 그럼 술탄이 나를 부를지도 모른다. 아니, 그럴 가능성이 농후하다.

하지만 난 그게 싫다.

귀찮은 것뿐만이 아니라, 아만 왕실에 해적단·흑마법사 조직 등과 결탁한 인간들이 우글거릴지도 모르는 노릇이었다.

그런 복마전 같은 곳에 내 발로 기어 들어갈까 보냐?

우리는 MSM—2를 타고 빠르게 아렌드 왕국으로 향했다.

운전을 하며 돌아가는 길에 나는 차지혜와 영지에 대해 이야기를 나눴다.

"사람들을 다스리는 일인데 역시 힘들겠죠?"

"계급사회이기 때문에 생각처럼 어렵지 않을 겁니다. 대체로 열악한 여건에 살고 있음에도 아레나의 평민 이하 계급들은 곧잘 순응하는 편입니다."

"그럴 수도 있겠네요."

나는 라이칸스로프 실버 씨족에게 사육당했던 마을 주민들을 떠올릴 수밖에 없었다.

괴물들에게 길들여져 가축 취급을 당한 삶이라니.

자유와 인권에 대한 개념이 있는 현대 지구인으로서는 상상하기 힘든 순응이었다.

그래도 세금 걷고 일처리 하려면 힘든 일이 많겠지? 사람들도 통제해야 하고…….

조직생활이라고는 학교와 군대밖에 없었던 나로서는 영 불안했다.

난 물끄러미 차지혜를 바라보았다.

"만약에 저 영주 되면 도와주실 거죠?"

"물론입니다."

흐흐흐, 그럼 됐어. 차지혜라면 이런 일을 똑 부러지게 잘하겠지.

"아예 제 부인이 되시는 건 어때요?"

"청혼입니까?"

"아레나에서요. 제가 영주, 지혜 씨는 영주 부인. 그러면 제 영지를 다스릴 지위가 확보되잖아요."

"굳이 그럴 필요가……."

"현재 아레나에서 지혜 씨는 오딘에 충성하는 기사의 신분으로 되어 있잖아요. 그런데 제 영지에서 통치에 관여하면 다른 사람이 보기에는 이상해질 수 있죠."

즉석에서 급조한 핑계인데도 말이 청산유수로 나온다.

"게다가 현실에서 결혼은 쉽게 결정할 수 있는 문제가 아니지만 아레나에서는 상관없잖아요. 어때요?"

"그, 그게……."

놀라운 일이었다.

저렇게 말을 더듬는 차지혜의 모습은 처음이었다. 거기에 저렇게 빨개진 얼굴이라니.

'내가 실수를 했나?'

다른 여자도 아닌 차지혜가 저런 반응이라니. 혹시 결혼이라는 게 차지혜에게 굉장히 중요한 의미인지도 모른다는 생각이 들었다.

"죄송해요. 제가 너무 경솔하게 제안을 했나요?"

"아, 아닙니다."

"그런데 왜……."

"현실은 아니지만 가족이 된다는 게 조금 이상한 기분이었습니다."

"아……."

나는 가족에 대한 의미가 남다른 차지혜의 입장을 생각지
못했다.

조금 미안해져서 나는 한동안 아무 말도 하지 않았다.

그런데 운전을 하던 차지혜가 잠시 후에 입을 열었다.

"좋습니다."

"네?"

"영주 부인이 되겠습니다."

차지혜는 가공간에서 목각반지를 꺼냈다.

생명의 나무로 만든 선물. 바로 엘프들이 선물해 준 결혼반
지였다.

나는 뛸 듯이 기뻤다.

나도 가공간에서 목각반지를 꺼내 손에 꼈다.

나는 씨익 웃었고, 그녀도 오랜만에 살며시 미소를 지었다.
이번 시험 최고의 보상이었다.

*　　　*　　　*

울펜부르크 백작가.

사전에 교신기로 여러 차례 연락했던 터라 도착했을 즈음
오딘과 마리가 마중을 나왔다.

"현호!"

어디서 튀어나왔는지 마리가 벼락같이 내 품에 뛰어들었다.

늘 그랬듯 포옹해 주었지만 나는 못내 차지혜의 눈치가 보

였다. 마리 요한나 이 여자도 서둘러 선을 그어야 할 텐데 큰일이다.

"안녕하십니까."

다행히 차지혜는 아무렇지 않은 듯 인사하며 마리의 머리로 손을 가져갔다. 쓰다듬고 싶었던 모양이었다.

"흥."

마리는 새침하게 고개를 홱 돌렸다. 그 바람에 쓰다듬기에 실패한 차지혜는 아쉬운 듯 손을 거두었다.

마리가 귀여워서 좋다는 게 진심인 모양이었다.

우리는 울펜부르크 백작가 저택 안으로 들어가 응접실에서 식사를 했다.

내가 가공간에서 따끈따끈한 피자 두 판을 꺼내자 오딘도 마리도 반색을 하며 좋아했다.

드넓은 가공간을 가진 나이기에 보관할 수 있는 지구의 음식이었다.

"가끔 지구의 인스턴트 음식을 싸오긴 하는데, 피자 한 판을 통째로 꺼내 먹을 수 있다니, 이건 정말 각별하구려."

"맛있어!"

우리는 피자를 맛있게 먹었다.

아마 두 사람도 우리와 마찬가지로 조미료가 턱없이 부족한 아레나의 음식에 질렸으리라.

콜라까지 꺼내자 마리의 눈이 뒤집혔다.

그렇게 식사를 하면서 오딘은 슬슬 본론을 꺼냈다.

"국왕이 김현호 씨를 보고 싶다고 했소."

"국왕은 어떤 사람이죠?"

"아렌드 왕국의 현 국왕은 알세르폰 3세요. 나이는 74세, 벌써 사십 년째 이 나라를 통치하고 있소."

사십 년?

왕 노릇 되게 오래 했네. 나름 골치 썩는 자리일 텐데.

내가 감탄하는 동안 오딘의 설명이 이어졌다.

"수많은 귀족가문을 잘 조율하면서 왕실의 영향력을 유지할 줄을 아는 노련한 군주요. 하지만 강한 결단으로 모두를 따르게 만드는 힘은 약하지. 뭐든 모두가 납득하게끔 타협적인 결정을 내리오."

알 것 같군.

요컨대 눈치와 타협의 달인이렷다?

자기 약점을 드러내지 않기 위해 속뜻도 꽁꽁 숨기는 능글능글한 노인네가 머릿속에 그려진다.

남은 시험 기간이 얼마 없었기 때문에 우리는 다음 날 곧바로 국왕이라는 노인네를 만나러 출발했다.

마차를 타고 아렌드 왕국의 수도로 향하는 길에 나는 오딘에게 영지 통치에 대해 조언을 구했다.

"통치는 크게 외치와 내치로 구분할 수 있겠구려."

오딘은 울펜부르크 백작령을 다스린 경험을 토대로 이야기를 들려주었다.

"외치는 바로 외교요. 주변의 적대세력에게 위협받지 않도록 우호세력을 만들어야 하는데, 당신의 경우는 갈색산맥과 울펜부르크 백작령과 가까운 곳에 영지를 받을 테니 그 점은 문제가 없구려."

"내치는요?"

"아레나는 지구보다 정보처리와 전산이 뒤처지다 보니 일처리도 엉망이고 주먹구구요. 그것을 체계적으로 합리적인 시스템으로 바꾸는 데 주력해야 할 거요."

난 그 말에 머리를 싸쥐고 고민하다가 차지혜를 바라보았다.

"아셨죠?"

"이해했습니다."

역시 믿음과 신뢰의 차지혜였다.

한참을 움직인 끝에 우리는 왕도(王都) 지크프리트에 도착했다. 아렌드 왕국을 건국한 초대왕의 이름을 딴 수도였다.

"와!"

창밖을 둘러보며 나는 감탄을 금치 못했다.

여기저기 고층건물들이 즐비했고, 마차가 잘 통행하도록 도로도 질서정연하게 정비되어 있었다.

건축양식도 지구에서는 보기 힘든 독특함이 있었고, 간간히 마법이 응용된 장식도 있어 감탄을 자아냈다.

확실히 일국의 수도라 다르긴 다르다.

거리를 쭉 가로지르니 도로는 중심부에 있는 왕궁으로 이어졌다.

삼엄하게 왕궁 정문을 지키는 병사들과 기사들이 우리 마차를 곧장 통과시켜 주었다. 오딘의 마차임을 알아본 모양이었다.

  난생처음 와 보는 왕궁이라 나는 행동거지가 조심스러워졌다.

  마차에서 내린 뒤로 오딘의 뒤만 졸졸 따라갔다.

  "폐하께서 현재 정무회의 중이시라 알현하려면 기다리셔야 합니다."

  시녀로 보이는 여자가 나타나 말했다.

  "알고 있다."

  "접객실로 안내해 드리겠습니다."

  시녀는 우리는 호화롭게 생긴 방으로 안내해 주었다.

  화려하게 수놓아진 카펫이 바닥에 깔려 있고, 가죽소파와 옷장, 테이블, 의자까지 하나같이 범상치 않았다.

  앤티크를 좋아하는 억만장자의 방이 이럴 것 같았다.

  한참을 수다를 떨며 시간을 보낼 때였다.

  별안간 접객실에 중무장을 한 기사 몇이 들어왔다.

  그들은 접객실의 각 사이드에 위치해 섰다.

  이윽고 옷을 멋지게 차려 입은 키 큰 노인이 걸어 들어왔다. 호리호리한 체격이 슈트 비슷하게 생긴 옷을 날렵한 느낌으로 잘 소화하고 있었다.

  얼굴의 주름은 많은 나이를 짐작케 했지만, 큰 눈은 빛나고 있고 얼굴 표정에 쾌활함이 있어 실제 나이보다 젊게 느껴졌다.

어쩐지 젊었을 적에는 꽤나 여자들을 홀리고 다녔을 듯한 인상이 들었다.

"울펜부르크 백작, 왔나."

"예, 폐하."

그랬다.

그가 바로 이 나라의 국왕 알세르폰 3세였다.

우리는 자리에서 일어났다.

오딘은 오른손을 가슴에 얹으며 고개를 숙여 예를 표했다.

나는 눈치껏 오딘을 따라했다. 그러자 알세르폰 3세의 시선이 나를 응시했다. 그의 눈빛이 흥미로 물들었다.

"자네가 그 킴 준남작인가?"

"예, 폐하."

"얘기는 들었네. 생각보다 더 젊군. 그 나이에 대단해."

"감사합니다."

"흐흐, 자네는 귀족다운 느낌도 안 나는군. 사교계에 물들지 않은 깨끗한 인상이라 더 마음에 들어."

알세르폰 3세는 우리에게 앉으라고 손짓했다.

"사교계에 잔뼈가 굵은 작자들 상대하려면 이래저래 피곤하거든. 하나하나 말꼬리 잡는 것도 어찌나 많은지. 다 웃기는 짓인데, 그게 내 일이라서 더 골 때려."

그리고 그 일을 사십 년이나 하며 살아온 작자가 바로 이 사람이라는 거군.

"자네에 대한 얘기는 많이 들었네. 갈색산맥에서 엘프들을

도와서 흑마법사들을 처치했고, 아만 제국에서는 해적을 토벌
했다지."

"예."

"대륙 최남단의 갈색산맥에서 활약, 대륙 서쪽 끝의 바다에
서 또 맹활약. 짧은 사이에 동분서주하며 싸웠더군. 방랑기사
라기보다는 무언가 뚜렷한 목적을 갖고 움직이는 것처럼 보
여."

"……."

"정말 궁금한데. 킴 준남작, 자네는 어떤 사람인가?"

알세르폰 3세는 갑자기 핵심을 찔러왔다.

4장

새로운 계획

"전……."

나는 잠시 생각을 정리했다.

뭐라고 말하면 좋을까?

알세르폰 3세는 시험자에 대해 전혀 모를 터였다.

정의를 위해서 대사제들의 음모를 막고자 한다!

……같은 소리는 알세르폰 3세도 믿지 않을 터였다.

생각 끝에 입을 열었다.

"저는 그냥 여행자일 뿐입니다. 엘프들의 친구가 되면서 정령술을 익혔고, 자연히 엘프들을 해하려는 흑마법사들과 적대관계가 되었습니다. 어떤 정의감 때문은 아니지만, 저는 이상한 음모를 꾸미는 그들을 이 세상에서 없애고 싶습니다."

"흐음……."

알세르폰 3세는 가만히 나를 바라보았다.

잠시 후 그의 입이 열렸다.

"질문이 잘못됐군. 자네는 무엇을 원하나?"

"전 원하는 게 없습니다."

"그렇게 열심히 다니면서 싸우는데 원하는 것은 없다?"

"예, 없습니다."

"무언가 사정이 있나 보군."

"……."

"하지만 자네의 목적이 무엇이든 짐과 관련된 정치적인 일은 아닌 것 같아. 그러니 자네의 정체를 더는 캐묻지 않겠네."

"감사합니다."

"하지만 그보다 짐이 더 궁금한 게 하나 있지. 지난 행보로 보아 자네는 분명 정체 모를 흑마법사 조직과 돌이킬 수 없는 적대 관계야."

"맞습니다."

"만약에, 아만 제국 전체를 적으로 돌려야 한다 해도 자네는 싸울 수 있나?"

"예? 아만 제국 전체를요?"

"그러네, 아만 제국 전체. 짐의 생각인데 흑마법사 무리와 싸우다 보면 결국은 아만 제국을 적으로서 맞닥뜨리게 될 거야."

내 머릿속이 복잡해졌다.

아만 제국 내에 해적들과 결탁하고 그들의 만행을 용인한 귀족은 많이 있었다. 그 덕에 해적단이 토벌되지 않고 승승장구했다.

그 점을 미루어 보면 흑마법사들과 연관된 귀족들도 아만 제국 내에 상당수 있을지 모른다.

하지만 그걸 두고 아만 제국 전체를 적으로 돌려야 한다고 볼 수는 없었다.

"짐의 의견에 납득이 안 가는 모양이군."

알세르폰 3세가 설명했다.

"아만 제국은 영토 전역을 술탄이 직접 다스리네. 술탄이 임명한 집정관을 파견해서 임기 기간 동안 관리하게 하지. 때문에 아만 제국은 다른 나라보다 훨씬 사회 전반에 대한 통제와 결속이 강하고, 그게 한때 대륙을 정복했던 원동력이네."

"……."

"해적과 아만 제국의 귀족과 흑마법사로 이루어진 거대한 카르텔이, 하필이면 다른 국가도 아닌 아만 제국에 존재한다는 게 이상하지 않나? 그런 카르텔이 아만 제국에서 술탄의 눈을 피할 수 있을까?"

알세르폰 3세는 어깨를 으쓱하며 말을 이었다.

"차라리 우리 아렌드 왕국에서 그런 놈들이 있다고 하면 믿지. 이 나라에 짐의 눈과 귀가 닿지 않는 곳은 아주 많으니까. 하지만 아만 제국은 술탄에게서 벗어날 수 있는 지역이 조금도 없어."

"그렇다면 폐하께선 흑마법사와 술탄이 결탁했다고 보시는 겁니까?"

오딘이 물었다.

알세르폰 3세는 고개를 저었다. 이어지는 그의 대답은 충격적이었다.

"아닐세. 난 그 흑마법사 무리의 수괴가 바로 술탄이 아닐까 생각하는데."

"옛?!"

우리는 깜짝 놀랐다.

"내가 그렇게 생각하는 이유는 몇 가지가 있어."

알세르폰 3세가 말했다.

"아만 제국이 대륙 통일을 이룬 것은 3대 술탄인 카자드 푼 아만 시절이지."

카자드 푼 아만.

나도 아레나에 관한 자료를 노트북으로 읽으면서 공부하면서 알게 된 이름이었다.

중국 역사로 치자면 진시황쯤 되는 어마어마한 인물이다.

그의 사후, 아만 제국이 분열되고 끝내 대륙이 다시 여러 나라로 갈라진 것까지도 진시황과 비슷했다.

다만 차이점이 있다면 만리장성과 아방궁 등의 실정을 펼친 진시황과 달리 카자드 푼 아만은 그럭저럭 통치를 잘했다는 점이다.

"인류사 최고의 업적을 세운 그 카자드 술탄이 말년에 흑마법에 관심을 가졌다는 기록을 찾았네."

"그게 정말입니까?"

놀란 오딘의 물음에 알세르폰 3세는 고개를 끄덕였다.

"흑마법사 문제가 터지고서 짐도 나름대로 마법사들과 학자들을 시켜서 조사를 했네. 그 덕에 얼마 전에 건진 사료지."

"카자드 술탄만 한 인물이 말년에 흑마법에 손댈 이유가 무엇입니까?"

오딘이 물었다.

"모든 것을 이루었고 모든 것을 가진 사람이 늙어 죽을 때가 가까워지면 무엇이 간절해지겠나?"

"불노불사……."

나는 진시황이 생각나서 중얼거렸다.

"맞네. 그래서 자연의 섭리를 거스르는 학문에 손을 댄 걸세. 죽어 무덤에 간 걸 보니 실패한 게 분명하지만, 지금의 흑마법사 조직이 거기서 출발했다고 추측할 수는 있지. 어떤가? 그럴듯하지 않나?"

"저 역시도 폐하의 추측에 동의하지 않을 수가 없습니다."

오딘이 동의했다.

나와 차지혜 또한 고개를 끄덕여 같은 생각임을 표했다.

아무리 사회적 인프라가 지구보다 턱없이 미흡하다지만 흑마법사들이 저지른 짓거리는 너무 스케일이 컸다.

그 배후에 가장 강력한 나라의 군주가 있다고 한다면 모든 것이 맞아 떨어지는 것이다.

"이제 본론으로 돌아오지. 킴 준남작, 자네는 필요 시 아만 제국과 싸울 각오가 되어 있나?"

*　　　*　　　*

"아마 중국 시험단은 그 사실을 알고 있었을지도 모릅니다."

오딘이 말했다.

차지혜도 동의했다.

"리창위는 대사제 알란과도 교류를 했습니다. 시험의 존재나 우리의 신상 같은 정보를 넘겼다면 그 대가로 알게 된 비밀도 있었을 겁니다."

"비단 중국 시험단만이 아닐 거예요."

내가 말했다.

우리는 현재 울펜부르크 백작가로 돌아가는 마차 안이었다.

결국 나는 알세르폰 3세로부터 백작의 작위와 영지를 하사받았다.

하사받은 영지는 예전에 오딘과 전쟁을 해서 끝내 패망한 바스티앙 자작가와 인접한 지역이었다.

본래 그 지역을 다스렸던 영주 가문은 헤인스 자작가.

헤인스 자작가는 바스티앙 자작가와 사돈을 맺을 정도로 친밀한 관계였다고 한다.

하지만 바스티앙 자작가가 몰락하고, 그 영지를 울펜부르크 백작가가 송두리째 장악한 채 세력을 신장시키자 위협을 느꼈던 모양이었다.

그래서 결국은 영지를 왕실에 팔고 도망가듯 떠나 버렸다.

알세르폰 3세는 인수한 지역을 나에게 하사했고 말이다.

동쪽과 북쪽으로는 울펜부르크 백작령.

남쪽으로는 갈색산맥.

하사받은 영지는 위치상 나에게 아주 용이했다. 주변이 내 우군으로 가득하니 안보는 문제가 없겠다.

아무튼 지금은 영지가 문제가 아니었다.

"타락한 시험자들은 중국에만 있는 게 아니죠. 대사제들은 리창위를 통해 시험에 대해 알게 됐고, 리창위처럼 타락한 다른 시험자를 포섭하려 들었을 거예요."

"상당수 포섭했겠지. 뒷배가 아만 제국 같은 강대국이라면, 타락한 시험자들도 기꺼워했을 테고."

타락한 시험자들로서는 아만 제국 같은 탄탄한 배경을 얻을 수 있으니 좋아했을 것이다.

술탄도 시험자들 같은 강력한 재원에게 엄청난 혜택을 기꺼이 제공했을 테고.

"상황이 골치 아프게 되었소. 공개적인 활동이 불가능한 범죄조직이 아니라, 아만 제국 왕실 같은 대륙 최강의 공권력을 가진 세력이 우리의 적이니 말이오."

"타락한 시험자만 그들과 결탁한 게 아닐 수도 있고 말입니다."

차지혜가 거든다.

오딘은 고개를 끄덕였다.

"어찌 되었든 김현호 씨에게 국왕이 작위와 영지를 하사한 것은 그 일에 대비한 것이오. 아만 제국이 준동할 시에 그에 맞설 수 있는 세력을 김현호 씨가 구축하기를 원하는 거요."

"갈색산맥의 엘프들을 생각하고 있겠죠?"

"그 점 역시 크겠지. 최근 왕도 지크프리트에서 엘프 노예에 대한 단속이 강화된 점도 지금 상황과 무관치 않을 것이오."

나쁘지 않은 거래였다.

나는 어차피 시험 때문에 흑마법사들과 싸워야 한다. 그 배후에 아만 제국이 있다 해도 말이다.

갈색산맥의 엘프들 입장에서도 생명의 나무를 해하려 드는 흑마법사들에 대항해야 하고.

알세르폰 3세가 암묵적으로 제안한 이 협력 관계는 모두에게 이로운 것이었다.

"그나저나 영지를 키우는 일도 문제이겠군. 당신이 받은 그 지역은 인구도 적고 딱히 특산물도 없어 성장성이 매우 낮소."

"그런가요?"

"헤인스 자작가가 영지를 포기한 데도 다 이유가 있소. 딱히 애착이 가는 땅이 아니었거든."

그래서 정세가 불리하게 돌아가자 돈 받고 팔아넘겼다는 것이군.

영지를 사고파는 거래가 아레나에서는 그리 특별한 일이 아닌 모양이었다.

울펜부르크 백작가에 돌아와 여장을 풀고 쉬면서 나는 차지
혜와 이야기를 나눴다.

"목축은 어떻습니까?"

"목축이요?"

"현호 씨 스킬이라면 목축으로 영지를 성장시킬 수 있을 것
같습니다."

생각해 보니 그랬다.

동물 조련 스킬은 10마리라는 제한이 있지만, 특수스킬 성
장촉진은 제한 없이 3배 빠르고 크게 성장시킬 수가 있다.

내가 목장을 키우면 그야말로 괴물에 가까운 우량 가축들이
탄생하는 것이다.

……가만?

'괴물?'

순간 내 머릿속에 묘한 아이디어가 떠올랐다.

'동물들을 몇 쌍 지구로 데려가서 목축을 할까?'

아레나의 동물들은 마정을 품고 있다.

외딴섬 같은 곳에서 번식시키면 굳이 시험자를 통하지 않아
도 마정을 얻을 수 있게 된다.

그렇다면 정부나 진성그룹도 만족하고 시험 클리어를 지원
해 줄 것이다. 마정을 안정적으로 공급받을 수만 있다면 굳이
시험자에게 계속 위험을 강요할 필요가 없어지는 것이었다.

'한번 시도해 볼 가치가 있겠는데?'

나는 이 의견을 차지혜에게 들려주었다. 그녀 또한 동의했다.

"나쁘지 않은 생각입니다. 어쩌면 우리나라 정부와 진성그룹뿐만 아니라, 전 세계의 자본가를 한편으로 만들 수 있는 카드도 될 겁니다. 어쩌면 현호 씨로 인해 장차 산유국과 같은 지위를 얻게 될지도 모르는 일입니다."

산유국이라니!

상상만 해도 대단하군. 그럼 난 완전 갑부가 되겠는데.

아무튼 일단 시도는 해볼 만하다는 생각이 들었다.

"그럼 일단 번식력이 높고 헤엄을 못 치는 동물을 찾아봐야겠네요."

전 지구에 아레나에서 데려온 동물이 퍼져 생태계가 망가지는 걸 막으려면 외딴섬에 가둬놓고 키워야 하니까.

*　　　*　　　*

"이야, 오셨어요?"

오늘은 요란법석하지 않게 우리를 맞이하는 아기 천사였다. 아기 천사는 재수 없게 실실 웃으며 말했다.

"재미있는 시도를 하려고 하네요."

가공간에 포획해 놓은 동물 암수 세 쌍을 말하는 듯했다.

"왜, 안 되냐?"

"아뇨. 습득한 스킬로 무엇을 하든 시험자의 자유죠."

"뭘 해도 허용된다고?"

"네."

아기 천사는 씨익 웃으며 말을 이었다.

"여태껏 시험자 김현호는 시험을 클리어하면서 우리가 길을 딱 하나만 제시했다고 생각하셨죠."

"그래, 사실이잖아."

"천만에요. 선택의 기로를 주었을 뿐이죠. 길을 선택하는 건 언제나 시험자, 즉 인간의 몫이에요."

아기 천사는 날개를 파닥거리며 점점 나에게 가까이 다가왔다. 그리고 의미심장하게 들리는 한마디를 덧붙였다.

"아셨죠? 중요한 건 김현호의 판단입니다. 시험에서 가장 중요한 건 바로 그거예요."

"시험의 목적을 클리어하는 게 아니고?"

내가 물었다.

아기 천사는 대답하지 않았다.

그저 시험의 문을 소환했을 뿐이었다.

나는 더는 대답을 듣지 못하고 차지혜와 함께 시험의 문을 통과했다.

그렇게 9회차 시험이 종료되었다. 현실로 돌아와 석판부터 확인했다.

—성명(Name): 김현호

—클래스(Class): 43

—카르마(Karma) : +14,400
—시험(Mission) : 다음 시험까지 휴식을 취하라.
—제한 시간(Time limit) : 99일 23시간

내가 600카르마를 가지고 있었으니, 이번 시험 결과로 13,800카르마를 획득한 셈이었다.

지난번처럼 엄청난 대박을 터뜨린 건 아니지만 충분히 굉장한 성과였다.

'6인의 대사제 중 한 사람을 처치한 공로 같다.'

나는 차지혜에게도 카르마를 얼마나 얻었는지 물어보았다.

"현재 총 5,400카르마가 있습니다."

"준수한 편이네요."

"본래 일반적인 시험자들의 경우와 비교하면 많은 편입니다."

하긴 내가 좀 이상하게 성적이 높을 뿐이지.

차지혜는 중급 5레벨인 메인스킬 오러 컨트롤을 중급 7레벨까지 올렸다. 그걸로 5,200카르마가 소모됐으니, 이번에도 메인스킬에 올인한 셈이었다.

중급 7레벨.

아레나의 용어로 오러 엑스퍼트 상급의 경지였다.

그걸로 그녀는 획기적인 변화를 맞이했다.

파아앗!

바로 오러 보호막!

충분한 오러량과 섬세한 컨트롤 능력이 필요한 오러 보호막을 펼칠 수 있게 된 것이다.

그녀는 오러 보호막을 보다 빨리 펼치는 연습을 하기 시작했다.

'난 카르마 보상을 어떻게 쓸까?'

14,400이나 되는 어마어마한 카르마! 이번에도 스킬 쇼핑의 재미가 충분할 것 같았다.

고민은 길지 않았다.

이미 많은 스킬을 마스터한 상태였기에 레벨을 올려야 할 스킬이 몇 되지 않거든.

—12,600카르마로 정령술(메인스킬)을 상급 4레벨까지 올립니다.

—정령술(메인스킬): 상급 정령을 소환하여 대자연의 힘을 발휘하며, 스스로 자연의 기운을 받아 육체능력이 비약적으로 향상됩니다.

＊소환 가능한 정령: 실프, 카사

＊상급 4레벨: 소환시간 13시간, 정령과 융합하여 정령의 힘을 스스로 발휘할 수 있습니다.

—잔여 카르마: +1,800

일단은 메인스킬인 정령술을 올렸고, 남은 1,800카르마는 중급 5레벨인 동물 조련을 마스터로 올렸다.

—1,5ㅁㅁ카르마로 동물 조련(보조스킬)을 마스터까지 올립니다.

—동물 조련(보조스킬): 동물을 다루는 능력이 향상됩니다. 복종시킨 동물에게 복잡한 명령을 내릴 수 있고, 동물의 감정과 상태를 알 수 있습니다.

＊마스터: 동물을 열두 마리 복종시킵니다.

—잔여 카르마: +3ㅁㅁ

복종시킬 수 있는 동물의 숫자가 10마리에서 12마리로 늘어났다.

그 12마리에 한해서는 복잡한 명령을 자유롭게 내릴 수 있는 것이다.

게다가 추가적인 기능도 생겼다. 복종시킨 동물의 감정과 상태를 알 수 있게 된 것!

'한번 시험해 볼까?'

나는 가공간에서 갈큇발 독수리들 중 첫째를 꺼냈다.

"빼액?"

가공간에서 나온 첫째는 주위를 두리번거렸다. 갑자기 낯선 환경이 보이자 어리둥절했다. 하지만 이내 나를 보고는 감정이 반가움으로 변했다.

첫째의 건강 상태는 최상이었다.

첫째의 감정과 상태를 나는 자연스럽게 알 수 있었다. 어떤 특별한 징표가 있는 것도 아닌데도 말이다.

나는 첫째를 다시 가공간에 집어넣었다.

갈큇발 독수리는 10마리로 충분하니 남은 2마리는 다른 동물로 채워야겠군.

그 점은 차차 생각해 보기로 했다.

카르마 보상이 끝나고서 나는 박진성 회장에게 전화를 걸었다. 이제 다른 일을 추진할 차례였다.

스마트폰을 꺼내 박진성 회장에게 전화를 걸었다.

이 나라 최고 재벌에게 내키는 대로 전화 거는 사람은 나밖에 없겠지?

―무슨 일이야?

"바쁘세요?"

―그걸 아는 놈이 이 시간에 전화를 걸어? 웬만한 용건은 이 실장을 통하라니까.

"관심을 가지실 만한 일이 있어서요."

―무슨 일?

"마정을 생산하는 목장을 만들면 어떨까요?"

―……뭐?

"시험자를 통하지 않더라도 마정을 지속적으로 얻을 수 있다면 어떻겠어요?"

―그게 가능해?

"아레나에서 가져온 동물 암수 몇 쌍을 외딴섬에서 목축시키면 되죠."

그제야 박진성 회장은 뭔가 낌새를 알아차렸는지 잠시 침묵했다.

잠시 후에 박진성 회장이 말했다.

―오늘 밤에 볼 수 있겠어?

"예, 장소는요?"

―내 집으로 와.

"집으로 초대하시는 거예요?"

―그래, 잔말 말고 밤 10시경에 사람 보낼 테니까 와.

"예."

그날 밤, 진성그룹 제3비서과에서 차량이 왔다.

나는 차지혜와 함께 차량에 타고 박진성 회장의 집으로 향했다.

진성그룹 일가는 강남 한복판에 떡하니 놓인 으리으리한 고급 주택이었다.

무슨 마당이 학교 운동장급이었다.

왼편에는 테니스 코트가 있고, 오른편은 연못이 딸린 정원!

또한 여기저기에 각양각색의 꽃이 잘 가꿔져 있어 해외 관광지에 온 듯한 기분마저 들었다.

신기하게 집 안을 구경하면서 우리는 직원들의 안내를 따랐다.

"어, 왔어?"

편안한 트레이닝복 차림의 박진성 회장이 야외에 설치된 티 테이블에서 우릴 반겼다.

가정부로 보이는 사람들이 다과를 내왔다. 전통한과였는데

시중에서 흔히 파는 것 같지 않고 굉장히 맛있었다.

한과를 먹느라 정신 팔린 내게 박진성 회장이 말했다.

"아까 말했던 게 가능한 얘기야?"

"예."

"그게 어떻게 가능해?"

"제 스킬로요. 보여드릴까요?"

"뭘 보여줘?"

"동물이요. 아레나에서 세 쌍 정도 챙겨왔는데."

그 말에 박진성 회장의 안색이 변했다.

"정말이었던 거야?"

"그럼 제가 거짓말하려고 뵙자고 했겠어요. 보실래요?"

"아아, 봐야지."

박진성 회장은 비서실 사내 몇을 부르더니 지시를 내렸다.

이윽고 이 주변에 사람이 아무도 없어졌다.

"보여줘 봐. 혹시 너무 요란한 건 아니지?"

"걱정 마세요."

나는 가공간에서 동물을 한 마리만 꺼냈다.

아레나에서 포획한 동물.

그것은 바로 빅 래트였다.

빅 래트는 붉은 털을 가진 커다란 쥐였다. 크기가 웬만한 진돗개 수준.

무리 지어 다니며 나무나 농작물, 심지어 가축까지 죄 먹어치우는 놈이었다.

아레나에서 이 빅 래트가 몇 마리라도 발견되면 그날로 즉시 영주가 군대를 끌고 나가 박멸 작전을 펼칠 정도였다.

자칫 번식하기라도 하면 영지에 막대한 재해를 끼치기 때문이었다.

때문에 괴물로 취급되기도 하지만 엄연히 설치류 동물! 즉, 내 성장촉진 스킬의 적용 대상이었다.

그런 놈을 암수 세 쌍 포획해 온 것이다.

"허어, 이게 아레나의 동물이라고? 쥐가 송아지만 하구먼."

박진성 회장은 기절해 있는 빅 래트를 유심히 바라보며 눈빛을 반짝였다.

노안에 담긴 호기심 가득한 눈빛.

박진성 회장으로서는 절대로 갈 수 없는 아레나의 생명체를 실물로 보게 된 셈이니 관심을 안 가질 리 없었다.

"쥐처럼 생겼는데 하는 짓도 쥐 아냐?"

"맞아요. 뭐든 잘 먹고 엄청나게 번식하죠."

"위험하겠는데……."

"섬에서 풀어놓고 키워야죠. 강철로 빈틈없이 담벼락을 두르고 외부 출입 철저하게 통제하고요."

"번식이 빠르니 그만큼 생산되는 마정도 많아진다는 게로군."

"그래 봤자 F등급 수준의 마정이겠지만, 대신 대량 생산이 가능할 거예요."

그리고 한 가지 더 기대를 거는 게 있다.

―성장촉진(합성스킬): 키우는 동물의 성장을 촉진시켜 더 빠르게 더 크게 합니다. 레벨에 따라 성장속도가 달라집니다.

＊마스터: 성장 한계치의 3배까지 성장시킬 수 있습니다. 성장기가 끝난 동물에게도 적용됩니다.

내가 기르면 덩치가 3배다!

그렇다면 마정도 3배 크기가 되지 않을까?

그렇게 덩치가 커지면 잡기도 쉽다는 또 다른 이점이 생긴다.

덩치 작은 쥐라면 여기저기 잘도 숨으니 잡기 어렵지만, 대형견만 한 덩치가 된다면 쉽게 발견될 터였다.

빅 래트는 소총 한 방에 사살이 가능하니 관리에 굳이 시험자가 필요하지도 않다.

"나중에 시험이 모두 클리어되고 시험이 사라진다 해도 우리는 마정을 계속 확보할 수 있는 거예요."

"흐음……."

박진성 회장은 기절한 채 숨만 오르락내리락 쉬고 있는 빅 래트를 유심히 바라보았다.

"여기에 투자를 한다 해도 높은 등급 마정은 얻을 수 없겠지."

"네."

"하지만 지속적으로 꾸준히 대량의 마정을 생산할 수 있다……."

박진성 회장은 주판알을 굴리는 듯 눈을 감고 생각에 잠겼다.

나는 빅 래트를 다시 가공간에 넣어두었다. 혹시나 누가 볼지도 모르니까.

그러면서 나는 박진성 회장에게 첨언했다.

"제가 맥런 가문에서 개발한 마정 자동차를 타봤어요."

"MSM 시리즈?"

역시 박진성 회장도 알고 있군. 이 업계에서는 유명한 제품인 모양이었다.

"예, MSM—2요. 보니까 최하품 등급의 마정을 써도 오래오래 잘만 가던데요."

"그야 그렇지. 마정은 그 높은 에너지 효율 때문에 각광받기도 하니까."

"하물며 진성그룹의 주요 품목인 전자제품은 높은 등급의 마정이 필요 없겠죠?"

"발전시설이 아닌 이상 높은 등급의 마정은 사실 필요가 없긴 해. 하지만……."

박진성 회장이 말을 이었다.

"그만큼 리스크도 있단 말이야. 첫째로 제대로 번식시키는 게 가능한가. 둘째로 지구에서 번식시켜도 마정이 생기는가. 그 두 가지가 불확실하단 말이야."

"번식시키는 건 어렵지 않습니다. 폐쇄된 시설 밖으로 흘러나가지 않게 관리하는 게 보다 중요하죠. 그리고 두 번째 문제는, 한번 실험을 해봐야겠죠."

"흠, 시도해 볼 만은 한 것 같은데."

박진성 회장이 결론을 내렸다.

"하지만 우리끼리는 안 되고 정부의 협조가 필요해. 정부와 합작해도 상관없어?"

"예, 오히려 정부의 협조가 있어야 제대로 통제가 가능할 테니까요."

나는 꼭 이걸로 돈을 벌려고 하는 게 아니었다.

우리나라에게 미래의 경제 동력을 선물하고, 그 대가로 정부와 진성그룹의 전폭적인 협조를 얻고자 하는 것이다.

시험자가 제대로 시험 클리어에 집중할 수 있도록 말이다.

그날 나는 박진성 회장의 협조를 이끌어냈다.

그리고 다음 날, 박진성 회장으로부터 연락이 왔는데, 정부도 찬성을 했다는 것이었다.

마정을 영구히 안정적으로 생산할 수 있는 방법이 생기자 고무된 정부는 당장에 빅 래트 사육에 적당한 섬을 물색하기 시작했단다.

"이게 잘하는 일인지 모르겠네요."

"어째서 그렇게 생각하십니까?"

차지혜가 물었다.

"……"

나는 대답을 할 수가 없었다.

"선택의 기로를 주었을 뿐이죠. 길을 선택하는 건 언제나 시험자, 즉 인간의 몫이에요."

"아셨죠? 중요한 건 김현호의 판단입니다. 시험에서 가장 중요한 건 바로 그거예요."

아기 천사의 말이 내내 마음에 걸렸다. 그냥 흘려 넘기기에는 너무나도 의미심장했다.

내 선택에 의해 세상이 변화하는 것이 두려웠다.

내 선택이 온전히 나만이 아니라 시험 전체에 결정적인 영향을 끼칠 요소가 될지도 모른다는 막연한 불안감이었다.

시험, 그리고 율법과 천사들에게 나라는 존재가 어떤 의미일지 불안했다.

자의식과잉일지도 모르지만 나는 일개 시험자가 아닌 더 큰 의미가 있는지도 모른다는 느낌이 들었다.

그것은 엄청난 부담이었다.

5장

닐슨 R8

"참 묘한 일이란 말이야."

노르딕 시험단의 최고령 시험자, 닐슨 아슬란은 투덜거리며 시험대기실에서 나왔다.

"무슨 일 있었소?"

역시나 시험을 마치고 나온 오딘과 마리가 다가왔다.

닐슨이 말했다.

"제 이번 시험 말입니다."

닐슨은 비록 연장자였지만 노르딕 시험단 창설을 주도한 오딘을 매우 정중하게 대하고 있었다.

"늘 그랬듯 총기를 만들라는 시험을 받은 게 아니오?"

"맞지요. 율법인지 뭔지 하는 놈들은 날 오지에 처박아놓고 혼자 몇 년이고 총기만 만들게 했으니까요."

닐슨은 치를 떨었다.

"정신병에 걸리지 않은 게 용하지요."

"하핫, 그도 이제 익숙해지셨잖소. 홀로 책도 읽고 공부도 하고, 아마 아슬란 씨는 가장 박식한 시험자일 거요."

"천만의 말씀을. 아무튼 이번 시험은 조금 묘했습니다."

"평소처럼 총기를 만들게 했는데도 말이오?"

"그렇습니다. 직접 보여드리는 게 낫겠군요. 무장, 닐슨 R8!"

파앗!

오딘은 깜짝 놀랐다.

닐슨이 소환한 총기는 그가 지금껏 본 가장 거대한 소총이었다.

길이는 어림잡아도 2미터는 족히 되어 보였다.

총구의 크기 또한 이게 대포인지 소총인지 분간이 가지 않을 정도.

확실한 건 그게 대물저격소총이라는 것이었다.

닐슨은 어깨를 으쓱했다.

"시험은 이거였습니다. 만들 수 있는 가장 강력한 저격소총을 제작하라더군요."

"저격소총이라면……."

"NTW-20을 거의 본떠서 만들었지요."

NTW-20은 구경이 무려 20㎜나 되는 남아프리카 공화국의 대물저격소총이었다.

중량만 31.5kg에 길이는 1975mm나 되는 괴물 소총인데, 실전 배치된 대물 저격소총 중 가장 강력한 것으로 유명하다.

닐슨은 그 NTW—20을 토대로 새로운 소총을 탄생시킨 것이다.

거의 베꼈다고 봐야 했다. 하지만 총기제작에 특화된 스킬들로 인해 닐슨의 작품은 훨씬 더 강력한 물건이 되었다.

"닐슨 R8입니다. 이게 누구에게 가장 어울리는 무기로 보입니까?"

"단 한 명밖에 생각나지 않소."

오딘이 떠올린 사람은 당연히 김현호였다. 김현호는 저격으로 가장 많은 성과를 냈고, 6인의 대사제 중 한 명까지 처치한 시험자였다.

"지금까지는 누군가를 염두에 두고 뭘 만들라는 시험은 없었습니다. 하지만 이번에는 너무 노골적이지요."

"그렇구려."

"그게 묘하다는 겁니다."

닐슨이 계속 말했다.

"벌써 세계 랭킹 10위권에 들 정도로 강해졌고, 대사제 한 명을 처치했을 정도로 급속도로 시험의 최종 목적에 접근했습니다."

"경이로운 시험자요. 가공간이나 생명의 불꽃처럼 대단한 스킬도 가졌고 말이오."

"마치 율법과 천사들이 김현호 그 친구를 주목하는 듯합니다. 전 율법이 김현호를 위해 저를 총기 제작자가 되게 한 건가 싶을 정도였습니다.

"……."

오딘의 얼굴 표정이 심각하게 굳었다.

현실세계와 아레나.

두 세계의 운명을 좌우할 키를 어쩌면 김현호가 쥐고 있는 건지도 몰랐다.

'마치 작가가 정해놓은 소설의 주인공 같군. 시험의 최종 목적을 전부 이룰 시험자로 처음부터 김현호를 예정해 놓은 것 같다.'

진지한 생각에 빠져 있는 오딘에게 닐슨이 말했다.

"아무튼 김현호를 부르지요. 이 닐슨 R8을 전해줘야 하니 말입니다."

"아, 그래야겠소."

"그럼 현호 오는 거야?"

마리가 눈을 반짝반짝 빛냈다.

닐슨은 그런 그녀를 보고는 혀를 쯧쯧 찼다.

*　　*　　*

어쩌면 당연한 일인지도 몰랐다.

빅 래트를 사육할 장소는 바로 한국아레나연구소의 지하로 정해졌다.

지하층이 굉장히 많았고 또한 엄청 넓었기 때문에 빅 래트를 사육하기에 적당하다고 여긴 것이다.

본래 한국아레나 시험단 본부가 비밀유지가 잘되어 있었고 말이다.

시험자로 인한 여러 가지 사고를 가정해 엄청난 보안과 강도로 설계된 건물을 가지기도 했다.

최하층인 지하 5층의 모든 시설이 철거되었다.

지하 5층은 본래 사격장이었는데, 이제는 빅 래트의 시범 사육장이 되었다.

이 빅 래트 사육 사업은 정부와 나와 진성그룹이 합작하여서 시작되었는데, 사업체의 지분율은 각각 3대 4대 3.

내가 지분 40%를 가진 최대주주였다. 나 없이는 성립이 되지 않는 사업이기 때문이었다.

경영과 관리는 진성그룹과 정부가 알아서 하니 나로서는 편안하게 떼돈을 벌게 생겼다.

사육장으로 개조된 지하 5층에 나는 빅 래트 암수 세 쌍을 풀어놓았다.

생닭 몇 마리를 주었는데, 정신이 든 빅 래트들이 그것을 게눈 감추듯 먹어치웠다.

"척 봐도 식성이 대단해 보이는데. 감당이 되겠나?"

내가 중얼거렸다.

"숫자가 많아지면 많아질수록 먹이 공급이 문제일 겁니다."

차지혜가 말했다.

빅 래트 말고 다른 동물을 데려올까 하고 생각을 할 때였다.

함께 이를 지켜보던 박진성 회장이 말했다.

"아무거나 다 먹잖아? 넘쳐나는 음식물 쓰레기를 줘버리면 그만이야. 이 근처 어디를 음식물쓰레기처리장으로 만들면 돼."

아……

나는 박진성 회장의 아이디어에 감탄했다.

음식물 쓰레기야 매년 넘쳐나니 그걸 빅 래트들에게 먹이면 몇 마리가 번식해도 상관없었다.

그렇게 빅 래트 사육장의 탄생을 지켜보고 있을 때였다.

위잉, 윙.

문득 내 스마트폰이 진동을 했다. 수신자는 오딘이었다.

"여보세요?"

─김현호 씨.

"예, 오딘 씨."

─드릴 선물이 있으니 시간 날 때 방문하시오.

"선물이요?"

─기대해도 좋소.

선물?

뭘까?

노르딕 시험단에서 주는 선물이니 시험에 유용한 아이템일 가능성이 높았다.

"알겠습니다. 기대할게요."

전화를 끊고 나는 차지혜에게 말했다.

"덴마크 갈 일이 또 생겼네요."

＊　　　＊　　　＊

멍…….

나는 그야말로 멍청히 내 앞에 놓인 엄청난 물건을 바라보았다.

감탄밖에 들지 않는다.

─닐슨 R8: 아레나 유일의 총기 제작자 아슬란이 제작한 볼트액션 방식의 대물 저격소총. 20㎜의 대구경탄을 사용하여 가장 강력한 위력을 발휘합니다.

＊유효사거리: 1,785m

＊사용탄약: 20×110㎜

＊타인에게 양도하거나 카르마로 환불받을 수 없습니다.

구경 20㎜의 대물저격소총이라니.

구경 12.7㎜인 AW50F도 충분히 강력한데, 20㎜면 대체 얼마나 괴물 같을까!

"어떠냐?"

닐슨은 자신만만한 표정으로 내게 물었다.

"이걸 정말 저 주시는 건가요?"

"그래, 네 거다. 달리 쓸 사람도 없으니까."

"감사합니다!"

나는 넙죽넙죽 고개 숙여 인사했다. 닐슨 R8의 묵직한 중량이 짜릿한 희열로 다가왔다.

"이 탄을 쓰면 훨씬 강력한 한 방을 낼 수 있을 거다."

닐슨은 그렇게 말하며 탄 하나를 나에게 던져주었다. 20㎜ 구경답게 엄청난 크기의 총알이었다.

"이게 뭐죠?"

"고폭탄."

고폭탄은 폭약을 넣은 탄환이었다.

탄두 내부에 작약이 들어 있어 목표물에 명중하면 폭발한다.

"대신 저격용 탄환이 아니니 명중률이 떨어질 테지만, 네게는 해당 사항이 없는 이야기겠지."

닐슨의 말을 한 귀로 흘려들으며, 나는 황홀하게 고폭탄을 바라보았다.

나는 이미 정령술을 응용한 사격법으로 오러 보호막까지 찢어버리는 강력한 사격을 발휘한다.

거기에 고폭탄까지 더해진다면?

적중되는 순간, 카사로 하여금 폭발력을 극대화시킨다면 어떨까?

'엄청난 위력일 거야!'

오딘이 씨익 웃으며 나에게 다가왔다.

"한번 시험해 보시겠소?"

"예!"

"하핫, 따라오시오."

우리는 함께 노르딕 시험단 본부 뒤편의 야외로 향했다.

산의 경사가 시작되는 기슭에서 오딘이 내게 말했다.

"한번 쏴보시오."

"네, 무장, 닐슨 R8!"

그러자 총길이 2m의 거대한 쇳덩이가 나타나 내 왼손에 잡혔다.

30㎏이나 나가는 육중한 총기였지만 체력보정 중급 5레벨인 나는 한 손으로 너끈히 들었다.

2m짜리 대물저격소총을 들고 서서 쏴 자세를 취한다는 건 참 어색한 일이었다.

하지만 AW50F로 익숙하기 때문에 나는 어려워하지 않고 전방을 향해 조준했다.

"실프, 카사!"

—냐앙!

—왈!

고양이와 개가 나타나 내 양어깨에 올라탔다.

크기가 성견 수준인 카사는 거의 내 어깨에 매달린 모양새였다.

나는 머릿속으로 두 정령에게 새로운 사격법의 개념을 보냈다.

그리고 방아쇠를 당겼다.

투아아앙!

콰아앙!

엄청난 총성과 폭발음이 거의 동시에 울려 퍼졌다.

실프의 힘으로 쏘아지는 탄환에 회전력을 더하였고, 탄착(彈着) 순간 카사가 탄환에 내장된 작약의 폭발을 극대화시켰다.

그러자 마치 미사일이라도 맞은 것처럼 산기슭에 직경 3미터짜리 크레이터가 생겨 버렸다.

"허어……!"

오딘이 기가 차다는 듯이 감탄했다.

"으와!"

마리의 두 눈도 휘둥그레졌다.

"어어……."

닐슨은 벌린 입을 다물지 못했다.

차지혜는 무표정이었지만 눈이 조금 커졌다.

그리고 난…….

'이, 이게 뭐야?!'

내가 지금 소총을 쏜 거야, 대포를 쏜 거야?

카사에게 폭발력을 강화하라고는 했지만 이 정도 위력이 날 정도로 키우지는 않았다.

그런데 이게 어찌 된 일일까? 예상보다 훨씬 강력한 위력이 나타났다.

'아! 탄약보정!'

뒤늦게야 나는 원인을 알아냈다.

바로 탄약보정 마스터!

탄약의 위력을 강화시켜 주는 합성스킬 때문이었다.

탄약의 위력을 강화시켜 주는 스킬의 효능이 고폭탄의 폭발력까지도 적용된 것이다!

"허참, 내가 공성병기를 만들었던가?"

닐슨은 보고도 믿겨지지 않는다는 듯이 중얼거렸다.

무엇보다도 이건 내 최대 위력이 아니라는 점이었다.

정령들에게 더 많은 힘을 실으라고 하면 이보다 몇 배 더 강한 파괴력도 낼 수 있었다.

카사에게 폭발력을 더 키우라고 하면 되니까!

나는 오딘을 보며 농담을 건넸다.

"무기 들고 대련 한번 하실래요?"

"하핫, 사양하겠소!"

오딘은 과장스럽게 호들갑을 떨며 거부했다.

닐슨으로부터 받은 선물은 최고였다. 이보다 더 좋은 무기가 있을 리 없었다.

"다음에는 정말 대포라도 만들어줘야 할지도 모르겠군."

"그것도 좋죠. 제가 쏘면 대포도 백발백중일 테니까요."

생각해 보니 정말 엄청난 일이군.

탄약보정이 대포알의 위력까지 뻥튀기시켜 줄 테니 말이다.

닐슨은 내 말이 진심인 줄 알았는지 안색이 해쓱해졌다.

"혼자 전쟁이라도 할 참이냐? 과한 것도 정도가 있지……."

"에이, 제가 핵무기를 만들어달란 것도 아닌데요 뭐."

"시끄러! 아무튼 그걸 만드느라 몇 년을 아레나에서 보냈으니 감사한 줄 알아라!"

"하하, 정말 고마워요."

대사제들과 아만 제국이라는 강대한 적을 두게 된 나로서는 이 강력한 무기를 준 닐슨이 고맙기 이를 데 없었다. 정말 이런 무기라면 혼자서 웬만한 군대도 박살 낼 수 있을 것 같았다.

무기를 받고서 나는 한동안 북유럽을 여행했다.

마리도 쫓아와서 셋이서 이곳저곳 재미있게 관광을 했다.

마리가 차지혜와 나만의 시간을 방해한 셈이었지만, 워낙 귀엽고 활발해서 미운 생각이 조금도 들지 않았다.

6장
유지수 팀의 사정

ARENA

 유럽을 돌며 여행을 하다가 한국에 돌아왔다. 마리도 한국까지 쫓아와 내게 엉겨 붙었다.
 "어디 가보고 싶은 데 있어요?"
 내 물음에 마리는 활짝 웃으며 기운차게 대답했다.
 "현호 가족 보고 싶어."
 "……."
 "다시 인사드릴 거야! 한국어도 공부했어."
 "한국어를요?"
 "안녕하세요, 마리 요한나입니다. 시어머님, 네 아들을 제게 주세요."
 정말로 깔끔한 발음의 한국어였다. 평소에 늘 듣던 아레나

언어가 아니라서 깜짝 놀랐다.

　근데 뭔가 반말이 섞인 것 같은데.

　"우리는 이미 깊은 관계입니다."

　"그만하세요."

　"임신을 했습니다."

　"그, 그만!"

　사람들이 바글거리는 인천공항. 주변 사람들의 수군거림을 들으며 나는 깊은 쪽팔림을 느꼈다.

　이 와중에도 표정 하나 안 변하는 차지혜가 존경스러웠다.

　일단 함께 부천의 집에 돌아온 뒤에 엄마한테 전화를 걸었다.

　외국에서 돌아왔으니 가끔 인사는 해줘야지.

　—아들! 한국 왔어?

　"응."

　—매정한 아들. 가끔 집에도 좀 오고 그래.

　"알았어, 근데 지혜 씨랑 요한나 씨도 같이 있어."

　—요한나 씨면 그 미친……?

　"응, 똘기 충만한 그 여자."

　—호호, 잘됐네. 그럼 다 같이 한번 오지 그래?

　"근데 그 여자가 어설프게 한국말을 배웠어. 무슨 소리를 해댈지 몰라."

　—그러니? 재미있겠네, 어서 데려오렴.

　……역시 엄마였다.

―근데 그 여자랑은 아직 사귀니?

"응."

이젠 거짓말이 아니라 당당하게 말할 수 있는 사실이었다.

―그…… 결혼은 아직 생각이 없대?

조심스럽게 말을 꺼내는 엄마. 며느리와 손주에 대한 간절한 바람이 느껴진다.

"분위기가 조금 달라지긴 했어. 전처럼 생각 없다고 잘라 말하지는 않을 거야."

―아들은?

"에이, 나야 당연히 결혼하고 싶지."

―저, 정말이지? 아들! 정말 아들 독신주의자 아니지?

"지혜 씨 앞이라서 그렇게 말한 거지, 설마. 어떻게든 꼬드겨서 결혼해 내고야 말 테니 두고 봐."

―호호, 우리 아들 파이팅! 아니, 안 되면 일단 사고부터…….

"끊을게."

―그래그래, 엄마가 또 흥분해서 너무 멀리 갔네.

"알면 됐수다."

그렇게 통화를 끊었다.

그리고 뒤를 돌아보는데…….

"허억!"

나는 하마터면 기절을 할 뻔했다.

차지혜가 물끄러미 나를 바라보고 있었던 것이다.

"어, 언제 오셨어요?"

"10분 전부터입니다."

"짐은 벌써 다 정리하셨어요?"

"예."

마리 때문에 한 방을 못 쓰게 된 그녀는 손님방에서 짐을 풀었는데, 벌써 정리를 끝낸 모양이었다. 군바리 출신이라 그런게 분명하다.

"⋯⋯."

"⋯⋯."

잠시 어색한 침묵이 들었다.

"바, 밥 먹죠. 배 안 고파요?"

나는 황급히 부엌으로 도망쳤다.

*   *   *

다음 날, 우리는 함께 천안으로 갔다. 가족들과 만나 다 같이 식사를 하기 위해서였다.

요즘 현지도 천안에서 지내며 인터넷 쇼핑몰 창업을 준비 중이라지?

오랜만에 온 가족이 다 모이겠구나.

차지혜와 마리까지 시끌벅적한 하루가 될 것 같았다.

미리 예약해 놓았던 뷔페식 레스토랑으로 향했다.

3층짜리 빌딩 한 채를 다 쓰는 커다란 레스토랑이었는데, 지하주차장으로 가니 주차장 관리인이 기겁한 얼굴을 했다.

우리가 타고 온 차가 차지혜의 하얀색 람보르기니였기 때문이다.

앞서 지하주차장에 들어간 차들은 주차요원의 안내에 따라 2층으로 내려갔다.

하지만 주차요원은 우릴 보더니, 곧장 1층의 빈 주차공간을 찾아 안내해 주는 것이었다.

'VIP를 위해 지하 1층에 자리를 남겨놨나 보네.'

이런 특별 대접이라니!

역시 이래서 좋은 차를 타고 싶어 하는구나 싶었다.

예약한 룸도 VIP룸이었다.

"아들!"

가운데 자리에 앉아 있는 엄마가 우릴 반갑게 맞이했다.

"아이쿠, 누가 보면 엄마 칠순잔치 하는 줄 알겠다."

"칠순은 아직 멀었거든!"

엄마는 굉장히 예민하게 반응했다.

누나와 현지도 있었는데, 현지는 종업원이 가져다준 식전빵을 오물오물 토끼처럼 먹고 있었다.

"안녕하십니까. 또 뵙습니다, 어머님."

"안녕하세요!"

차지혜와 마리도 인사를 했다.

엄마는 차지혜와 악수를 나누고는 마리와도 손을 맞잡으며 웃었다.

"요한나 씨 이제 한국어도 하시네?"

"네! 한국어 잘해요!"

"호호호, 그래 보인다. 정말 똑똑하신가 봐."

"헤헤, 저 똑똑해요!"

엄마는 이런 손녀딸이 있었으면 좋겠다는 표정으로 마리를 귀엽게 바라본다.

"우리 요한나 씨 한국말 얼마나 잘하는지 보고 싶네. 말해봐요. 요즘은 어때요?"

자상하게 묻는 엄마.

마리는 활짝 웃으며 큰 소리로 말했다.

"임신했어요!"

현지가 식전 빵을 먹다가 사레가 들렸다. 누나는 얼굴에 핏기가 사라졌다. 엄마 또한 다리에 힘을 잃고 비틀거릴 뻔했다.

"사실이 아닙니다. 그냥 내키는 대로 말할 뿐이니 마음에 담아두실 것 없습니다."

차지혜가 수습을 시도했다.

"엄마가 될 거예요!"

"그, 그만 좀!"

나는 한참을 말린 뒤에야 앵무새처럼 맘대로 지껄이는 걸 멈춘 마리였다.

간신히 평정을 되찾은 엄마가 내게 물었다.

"요한나 씨와는 아무 사이 아닌 게 맞지?"

"응."

"어휴, 다행이다."

아무리 손주가 급해도 며느리의 정신 상태는 소중한 모양이로군.

우리는 요리 코너에서 접시에 각종 요리를 담아오며 식사를 시작했다.

이것저것 각자의 근황을 얘기했는데, 누나의 경우가 가관이었다.

"아니, 언니는 대체 뭐가 문제야? 언니 보고 첫눈에 반했대서 소개팅시켜 준 남자한테 어떻게 하면 차이는 건데?"

현지가 누나한테 소개팅을 시켜준 모양이었다.

뭐, 누나가 겉보기에는 멀쩡해 보여서 혹한 남자들이 또 있었나 보지.

"그 이유를 알면 내가 벌써 결혼을 했지. 대체 남자들은 뭐가 문제인 거야?"

누나는 이를 으드득 갈며 투덜거렸다. 꽉 쥔 주먹에서 피라도 나올 것 같았다.

나는 누나의 소개팅이 어땠을지 짐작이 갔다. 안 봐도 훤하지.

일단 늘 타고 다니는 벤츠 C클래스 쿠페로 한 번 기죽였겠지.

그다음은 171㎝의 큰 키임에도 불구하고 즐겨 신는 하이힐로 남자를 높이에서 뭉갰고.

다음은 상대를 제압하는 듯한 눈빛과 불필요한 말을 하지 않는 차가운 말투로 확인 사살!

범접을 못하겠다는 느낌과 함께 남자는 깨갱 하고 내뺀다.

그리고 끝. 누나는 여전히 노처녀.

"에휴, 우리 현주는 남편을 태국 같은 데서 돈 주고 사와야 할지도 모르겠네."

엄마의 투정에 현지가 깔깔거리며 배꼽 잡고 웃었다.

누나는 굴욕감이 부르르 떨었다.

"누나."

"왜?"

"그 남자 직업이 뭐였어?"

"회사원."

"직장은?"

"나도 아는 곳인데 그럭저럭 건실한 회사더라."

"남자 생긴 건 어땠고?"

"딱히 흠잡을 데 없었지."

"근데 그런 얘기를 남자한테 했어?"

"……?"

의아한 표정을 짓는 누나한테 내가 말했다.

"나도 잘 아는 회사다, 좋은 직장 다니신다, 잘생기셨다, 칭찬했냐고."

"칭찬씩이나 할 정도로 대단한 일은 아니잖아."

"쯧쯧."

나는 혀를 찼고, 현지도 고개를 절레절레 내저었다.

누나처럼 잘난 여자한테 칭찬을 받으면 남자는 감격해서 열정을 보였을 텐데.

정말 신은 누나에게 모든 걸 다 주고 성격만 빼앗은 모양이었다.

나는 현지를 바라보았다.

"자, 현지야. 네가 견본을 보여봐."

남매라 그런지 죽이 척척 맞았다. 곧바로 현지가 애교모드로 돌변한 것이다.

"오라버니~! 돈 잘 벌지, 잘생겼지, 하여간 능력자! 가여운 현지한테 용돈 좀 주세요!"

"오냐."

나는 지갑에서 지폐 몇 장을 꺼내주었다.

"꺅! 오라버니 대박 멋져!"

현지는 돈을 받으며 온갖 아양을 떨었다.

누나는 보기만 해도 오글거렸는지 불끈 쥔 주먹을 부들부들 떨었다.

"나더러 그런 짓거리를 하라고?"

뭐, 현지는 너무 심하긴 하지.

아무튼 간에 현지는 아는 오빠를 더 소개시켜 주겠다고 재잘거리며 누나를 달래기 시작했다.

기분이 상해 있던 누나는 아양 떠는 현지의 말에 또 넘어가 그 남자는 누구냐고 물어보기 시작했다.

누나의 환심을 사려고 작정한 현지. 인터넷 쇼핑몰 잘 운영

하려면 누나의 도움이 필요하다는 것을 본능적으로 아는 모양
이었다.

하기야, 개나 소나 하는 인터넷 쇼핑몰이라도 사업체인데
법적인 문제가 한두 가지일까.

결국은 뭔가 일이 생길 때마다 누나한테 쪼르르 달려가 이
건 어떻게 하냐고 묻는 일이 다반사가 될 터였다.

그걸 빤히 예상하고도 순순히 인터넷 쇼핑몰을 해보라고 한
누나도 사실 알고 보면 관대한 사람이다.

그렇게 즐거운 시간이 끝나고 부천으로 돌아가는 길이었다.

문득 스마트폰이 진동을 했다.

'누가 전화했지?

나는 스마트폰을 주머니에서 꺼내 확인해 보았다.

의외의 인물이었다.

[유지수]

정말 오랜만에 보는 이름이었다.

내가 갓 2회차 시험자였을 때 이미 19회차의 베테랑이었던
유지수였다. 금발로 염색한 헤어스타일이 금세 떠올랐다.

팀 동료 두 명은 남자였는데 한 명은 차진혁이었던가? 또 한
사람은 잘 기억이 안 난다.

그러고 보니 지금쯤 유지수 팀은 25회차쯤 되었겠군.

"여보세요."

―오랜만이네?

"예."

나이는 동갑인데 그녀는 반말하고 나는 존대하는 이상한 관계는 여전했다.

―정말 오랜만이다, 그치?

"예, 제 입장에서는 4년쯤 지나지 않았나 싶네요."

―나도 대충 그 정도야. 이제 갈수록 전 세계 시험자들의 시험 기간이 일치하는 추세거든.

"그간 별일은 없었죠?"

―시험자에게 별일이 없었겠어?

"그도 그러네요."

―너야말로 완전 별일이 있었나 봐. 세계 랭킹 7위? 미친 거 아냐?

"다 제가 천재인 덕이죠."

―웃겨! 얼마 전까지 풋내기였던 주제에!

내 덕살 좋은 대꾸에 유지수는 깔깔거리며 웃었다.

―아무튼 잘 지내는 것 같아서 다행이네.

"예, 덕분에요."

내가 3회차 시험에서 팀 동료를 전부 잃고 돌아왔을 때, 유지수와 차진혁 등이 여러 가지로 조언을 해주었다.

한국아레나연구소로부터 버림받기 전에 아레나 관련 자료들을 전부 챙기라고 말이다.

사소한 조언이었지만 지금도 그때 챙겼던 자료를 유용하게 참고하고 있으니 은인은 은인인 셈이었다.

"도와드릴게요."

─으, 응?

"곤란한 일이 있으셔서 연락하신 거잖아요."

─완전 족집게다. 어떻게 알았어?

"아까 별일 있었냐는 질문에 말을 돌렸잖아요."

─와, 눈치 짱이네.

유지수는 순순히 인정했다.

─맞아. 실은 좀 난처한 입장에 처해서 네 도움을 받고자 연락했어. 갑자기 이런 용건으로 전화해서 미안.

"사과는요. 저도 그동안 연락을 못해서 죄송하네요."

─전화로는 좀 그렇고, 한번 만날까?

"그래요. 어디세요?"

─강남.

"저희는 부천으로 가는 길이에요."

─저희? 너 말고 또 누구 있어?

"예, 두 사람이요. 그중 한 명은 반가운 얼굴일 거예요."

─그래? 알았어. 그럼 우리가 부천으로 갈게.

"그래요? 뭐하면 저희가 강남으로 가도 되는데."

─아냐아냐. 부탁하는 우리가 그리로 가야지.

아무튼 약속을 잡아놓고 그녀는 전화를 끊었다.

집으로 돌아와서 유지수에게 집주소를 문자로 보내주었다.

이미 부천으로 오고 있었던 유지수 일행은 대략 30분쯤 뒤에 도착했다.

"오랜만이네."

금발로 염색한 머리와 짧은 핫팬츠 차림의 야시시한 여자는 유지수.

"반갑군."

그리고 크고 건장한 체격을 가진 사내는 차진혁이었다.

……그렇게 두 사람뿐이었다.

내 기억에는 안경 낀 남자가 더 있었던 걸로 기억하는데.

'죽었구나.'

나는 직감적으로 느꼈다.

두 사람의 얼굴에 어둠이 드리워 있었기 때문이다.

이름이 누군지 기억 안 난다. 차분하고 친절했던 사람이었던 것 같다.

"어라? 차지혜?!"

"살아 있었나?"

유지수와 차진혁이 차지혜를 보며 화들짝 놀랐다.

그리고 보니 이 사람들은 아직 차지혜에 대한 소식을 못 들은 모양이었다.

"오랜만입니다. 전 죽었다가 시험자가 됐습니다."

"지, 진짜? 실종됐다는 얘기만 들었는데 어떻게 된 거야?"

유지수는 생각보다 정이 많은 성격인지 그녀의 사정을 궁금해했다.

차지혜는 간략하게 리창위와 김중태 소장에 얽힌 이야기를 들려주었다.

"그 소장 새끼 완전 쓰레기네. 야비한 놈일 거라고는 생각했지만······!"

유지수는 마치 자기 일처럼 불같이 화를 냈다. 역시 날라리 같으면서도 은근히 정 많은 여자다.

"그래서 지금은 몇 회차인데?"

차진혁의 물음에 차지혜는 나를 가리켰다.

"현호 씨와 같은 9회차입니다."

"뭐? 김현호보다 더 늦게 시험자가 된 거 아냐?"

"따라잡았습니다."

"그게 가능한가?"

"휴식 기간을 반납하고 연속으로 시험을 봤더니 가능했습니다. 그리고 지금은 현호 씨와 같은 팀으로 편입되기도 했습니다."

"편입도 된다고?!"

"전 세계 시험자들을 통틀어보면 아예 없는 경우는 아닙니다."

"아무튼 대단하군. 원래 능력자여서 그런가, 시험자가 되고서도 날아다니는군."

차진혁은 질린 얼굴이 되었다.

"현호 씨에 비하면 멀었습니다."

"쟨 정말 이상한 케이스고!"

유지수가 버럭 소리쳤다.

"어떻게 그 짧은 사이에 세계 랭킹 7위가 되는 거야?"

"중국 시험단과 아레나에서 부딪쳤거든요. 타락한 시험자를 여럿 죽여서 대박을 터뜨렸죠."

"진짜 부럽다! 나도 그렇게 대박 좀 터졌으면 좋겠는데!"

"그놈들이 보통 놈들인 줄 알아? 그놈들과 싸워서 몇 명을 죽일 정도로 강해진 것 자체가 경이로운 거지."

차진혁의 말에 유지수는 입술을 삐죽 내민다.

차진혁, 이 남자도 처음 봤던 때보다 상당히 변했다.

예전에는 강천성에게 시비를 걸 정도로 호전적이었는데, 많이 침착해졌다. 그사이 많은 시련을 겪었던 것일까?

"그나저나 집이 좋네?"

유지수는 내 집을 둘러보며 즐겁게 말했다. 그녀는 50평짜리 테라스에서 감탄을 했다.

"우와, 완전 마당이네! 펜트하우스 진짜 짱이다! 이 집 얼마야?"

"얼마 안 해요. 14억?"

그냥 생각 없이 지른 탓에 집값도 잘 기억 안 나는군. 나 정말 갑부 된 모양이다.

"대박! 강남에서 이런 집을 구하려면 수십 억 할 텐데. 나도 그냥 부천에서 살 걸 그랬나?"

그녀는 강남에 사는 모양이었다. 뭐, 베테랑 시험자이니 재산이 적지 않으리라.

"훈련 시설도 갖춰져 있군."

함께 따라 나온 차진혁도 테라스에 설치된 목인장에 관심을
가졌다.

"이건 누가 쓰는 거지?"

"저요."

"무술을 할 줄 알았어?"

"무술이랄 것까진 없지만요."

"강천성만큼 하나?"

난 잠시 생각해 보고 말했다.

"이제 비슷하거나 제가 더 솜씨가 좋지 않을까요?"

운동신경 스킬을 마스터했으니, 내 몸 쓰는 요령이 강천성
보다 뒤떨어진다고 생각되지는 않았다.

스킬이 아닌 순수한 수련으로 그 정도의 실력을 닦은 강천
성이 대단한 거였지.

"나랑 한판 해볼까?"

뜬금없는 차진혁의 제안이었다.

"야! 갑자기 뭔 헛······!"

"가만 있어봐."

차진혁은 뭐라고 핀잔하는 유지수를 제지했다.

나는 어깨를 으쓱했다.

"무기는요?"

"검은 안 써."

"괜찮겠어요?"

"예전의 내가 아니야."

차진혁은 씨익 웃으며 패딩을 벗었다.

'내 실력을 확인해 보고 싶나 보군.'

아무리 호전적인 성격이라지만, 오랜만의 재회에 대뜸 붙어 보자니 영 어색했다.

내게 도움을 요청하기에 앞서 실력을 확인해 보고 싶은 것이리라. 아무래도 내가 고작 9회차에 랭킹 7위라니 의혹도 들었겠지.

나는 가벼운 마음으로 그의 앞에 마주섰다.

나보다 훨씬 많은 시험을 경험한 차진혁이었다. 하지만 헤이싱 같은 놈과도 싸운 터라 별로 두렵지 않았다.

"먼저 시작하지."

그러면서 차진혁은 거침없이 주먹을 뻗어왔다.

손날이 내 목을 향해 찔러 들어왔다.

나는 왼팔을 크게 휘저어 손날을 옆으로 밀쳐냈다.

동시에 오른쪽 주먹으로 펀치를 뻗어 반격했다.

뒤로 물러나 내 리치 밖으로 빠져나간 차진혁이었지만, 내가 원하던 바였다.

파파파팟!

나는 속사포처럼 주먹질을 했다.

마치 하나의 나무에서 여러 가지가 뻗어 나가듯, 펀치가 연속으로 차진혁에게 쏟아졌다.

"큭!"

놀란 차진혁은 왼편으로 즉시 빠져나갔지만, 나는 풋워크로 쫓으며 쉬지 않고 펀치를 이어나갔다.

파파파파팟—!

바로 번자권의 묘였다. 헤이싱과 싸우면서 완전히 몸에 익은 번자권이 자유자재로 펼쳐졌다. 운동신경 마스터의 효능이었다.

차진혁도 보통은 아니었다.

무작정 막으려 하지 않고 좌우로 이동하며 포지션을 전환하는 대응은 훌륭했다.

무기를 안 쓴다고는 해도 아레나에서 겪은 실전 경험이 어딜 가진 않는 것이리라.

'그러고 보니 용케 반격을 하고 있네?'

조금의 간격도 없이 펀치세례가 이어지고 있는데도, 틈틈이 반격을 가한다. 그 특유의 손날을 찌르거나 휘두르며 말이다.

'저 손날이 검이구나!'

나는 차진혁이 손을 검 대신 써서 검술을 펼친다는 것을 깨달았다.

육체조건은 차진혁이 월등했다.

나는 체력보정 중급 5레벨.

차진혁은 아마 상급일 터였다. 오러 컨트롤을 메인스킬로 익혔으니까.

하지만 육체 능력에서 열세여도 싸움은 내가 주도하고 있었다.

마스터한 동체시력 스킬로 차진혁의 다음 움직임이 뻔히 예상되었기 때문이다.

퍼억!

"큭!"

결국 차진혁은 턱에 내 왼손 펀치를 허용했다. 노한 차진혁이 곧바로 강펀치로 반격하는 찰나,

파앗!

"헉!"

난 몸을 뒤로 젖히며 두 발로 차진혁의 가슴팍을 2연속으로 걷어찼다.

차진혁은 그 충격에 뒤로 몇 걸음 밀려났다.

월등한 체력보정 탓인지 타격은 커 보이지 않았다.

차진혁은 잠시 놀란 얼굴로 나를 보고 자기 가슴팍을 보더니, 이내 황당하다는 듯이 말했다.

"어째서 이렇게 잘 싸우는 거야? 특기가 근접전이야?"

"아뇨."

나는 닐슨 H2 2정을 꺼내 양손에 쥐어보였다.

"총?"

차진혁의 얼굴이 일그러졌다.

"메인스킬은 뭔데?"

"정령술."

"정령술?"

그러자 유지수도 끼어들었다.

"그거 엘프들과 극소수의 인간만 사용할 수 있다는 거잖아?"

"예."

차진혁은 고개를 절레절레 저었다.

"총과 정령술을 쓰는 놈이 이렇게 잘 싸운다고? 나 참, 과연 랭킹 7위답군."

"별말씀을요."

"아무튼 네 실력은 잘 봤다."

"그럼 이제 두 분의 용건을 말씀하실 차례죠?"

내 말에 유지수와 차진혁은 꿀 먹은 벙어리가 되었다.

나는 미소를 지으며 그들의 말을 기다렸다.

유지수는 어깨를 으쓱하며 입을 열었다.

"알았어. 솔직하게 털어놓을게. 사실 아레나에서 조금 곤경에 처해서 도움을 빌리러 왔어. 너밖에는 달리 도움을 청할 사람이 없더라."

"예, 말씀해 보세요. 힘이 닿는 데까지 돕겠습니다."

"고마워. 실은 말이지……."

이어지는 유지수의 설명은 이러했다.

─시험(Mission) : 루마드 집정관의 배후를 조사하라.

이것이 24회차에서 유지수 팀이 받은 시험이었다.

유지수 팀은 이 시험을 24, 25회차 연속으로 실패를 했다.

암살도 아니다.

그저 뒷조사였을 뿐인데, 유지수 팀 같은 베테랑 시험자들이 연속으로 실패를 맛본 것이다.

나는 그 연유를 짐작할 수 있었다.

"타락한 시험자들이 개입했겠네요."

"맞아."

"하지만 시험은 그 점도 감안해서 주어졌을 거예요."

"알고 있어. 우리도 타락한 시험자들의 방해를 예상하고 대비했어. 중국 시험단이 해적단을 손아귀에 넣고 아만 제국에 강한 입김을 발휘한다는 사실도 알고 있었고."

"그런데요? 무슨 일이 있었던 거죠?"

내가 재차 물었다.

그러자 이번에는 차진혁이 대신 대답했다.

"주의해야 할 적은 중국 시험단이 아니라 TUK 놈들이었어."

"TUK?"

그건 또 뭐 하는 작자들이지?

내 의문에 옆에 있던 차지혜가 설명해 준다.

"Testers of United Kingdom의 약자입니다."

"영국이요?"

"그렇습니다."

휴우, 다행히 바로 알아맞혔다. 저질 영어 실력 때문에 순간적으로 미국을 먼저 떠올렸거든.

"TUK, 그 영국의 기관이 시험을 방해했단 말이에요?"

"응, 확실해. 이번 시험 때문에 정보고 서로 공유한 사이이고 해서 방심했는데 갑자기 적으로 돌변했어."

"그 개자식들 때문에 지용이가⋯⋯."

차진혁이 이를 갈았다.

그제야 나는 떠올릴 수 있었다. 유지수 팀의 또 다른 멤버의 이름이 바로 이지용이었다.

이야기를 들으니 TUK가 유지수 팀의 행적에 대한 정보를 흘렸고, 결국 유지수 팀은 적의 함정에 빠져 이지용이 죽는 피해를 입은 것이었다.

"TUK는 영국 왕실과 귀족 가문들이 후원하는 기관입니다. 투자의 성과를 빨리 보고 싶어 해서 마정 응용 기술의 상용화를 가장 강력하게 주장하고 있다고 들었습니다."

차지혜의 설명에 나는 고개를 끄덕였다.

결국 마정 응용 기술의 상용화를 위해서는 시험이 계속 유지되어야 했다.

때문에 TUK가 시험의 최종 목적에 접근해 가는 유지수 팀을 공격한 것이다.

"그럼 영국과 뜻이 같은 기관들도 중국 시험단처럼 흑마법사들의 편을 들 수 있다는 뜻이네요."

"그렇습니다. 시험이 계속되길 바라는 건 아레나 관련 사업에 투자한 전 세계 자본가의 공통적인 바람입니다."

그건 알고 있다.

하지만 중국과 달리 다른 나라 기관들은 지금까지 그런 속
내를 숨긴 채 노골적으로 움직이지 않았었다.

그런데 이번에 영국이 대놓고 행동을 개시하다니.

'아마도 우리가 해적단에 접근했기 때문이겠구나.'

7회차 때 나는 오딘 일행과 함께 데포르트 항구를 습격한 해
적을 격퇴하고 인근에 은둔하여 공작을 벌이든 흑마법사 존
오멘토를 사살했다.

그 일로 시험의 최종 목적이 클리어될지도 모른다는 불안감
이 전 세계 아레나 기관에 확산되었을 가능성이 있었다.

그 때문에 TUK도 더는 두고 볼 수 없다는 듯이 마각을 드러
냈고 말이다.

"그래서 저더러 다음 시험을 도와달라는 건가요?"

내 물음에 유지수는 고개를 저었다.

"아니, 너도 네 시험을 봐야 하니 아레나에서까지 우리를 봐
줄 여유는 없잖아."

"그럼요?"

"현실에 있는 동안만이라도 우리를 지켜줘. 일단은 그거면
돼."

7장

난투

유지수와 차진혁의 부탁은 당연했다.

TUK의 입장에서는 아레나보다 현실에서 그들을 해치기 더 쉬울 것이다.

그런데 한 가지 의문점이 있었다.

"두 분 한국아레나연구소 소속이 아니었나요?"

소속 시험자가 공격받는 처지인데 국가기관씩이나 되는 조직이 가만히 있는 건 이상했다.

유지수는 어두워진 표정으로 고개를 저었다.

"작년에 계약 끝나고 나와서 프리로 뛰고 있었어. 연봉이나 마정값도 적게 쳐주고 지원도 미흡해서 계속 남아 있을 이유가 없다고 생각했어."

그래서 이런 처지에 놓였군.

작년이라면 김중태 소장이 한창 설쳤던 시기이니 그럴 만도
했다.

"지금은 김중태 소장이 실각하고서 크게 개편된 상태예요.
일단은 한국아레나연구소로 다시 돌아가는 게 어때요?"

"영국의 표적이 된 우리를 다시 받아주지 않을걸."

"정부 새끼들이 우리를 지켜주기 위해 영국과 대립각을 세
운다고? 그게 가능할 리가 없지."

유지수와 차진혁이 불신을 담아 말했다.

그 마음 이해하지.

나도 김중태 소장이 내 신상 정보를 중국에 팔아먹었고, 차
지혜는 그걸 막으려다 살해당하기까지 했다.

이 자리에서 애국심이 남아 있는 사람은 없다고 봐야 했다.

하지만 과거는 과거였다.

지금은 진성그룹의 아레나 사업체와 합쳐지면서 개편이 이
루어지고 있었고, 빅 래트 목축을 시작하면서 내 영향력도 강
해졌다.

"제가 연구소에 말을 해놓을게요. 분명히 좋은 조건에 받아
줄 거예요."

"그렇게만 된다면 우리야 좋지만……."

유지수는 아직도 반신반의한 눈치였다.

하지만 문제없었다. 지금의 한국아레나연구소는 내 영향력
이 아주 강하니까.

"내일 연락을 해볼 테니 함께 연구소로 가봐요. 아마 좋은 답변을 받을 수 있을 거예요."

유지수와 차진혁은 내 말에 일단 동의를 했다. 시도해서 나쁠 것은 없다고 판단했으리라.

"그런데 이 여자는 누구?"

유지수는 가만히 과자를 오물오물 집어 먹고 있던 마리를 가리켰다. 한국말을 잘 못하는 마리는 우리의 대화에 끼지 못하고 멀뚱히 보고만 있었다.

"노르딕 시험단의 마리 요한나 씨입니다. 자, 인사들 나누세요."

서로 인사를 나누고 아레나어로 대화를 나누면서 조금씩 친해졌다.

술을 마시며 지난 얘기를 서로 들려주며 시간을 보내니 어느덧 자정이 훌쩍 넘어갔다.

"오늘은 여기서 자고 가실래요?"

"잘 데 있나?"

"예, 제 방 침대가 크니까 여자 세 분은 거기서 주무시면 될 거예요."

내 침실은 여자 셋이, 손님방은 차진혁이, 나는 마리 때문에 서재에 들여놓은 침대에서 자기로 했다.

그렇게 하루가 지나가는 듯했다.

*　　　*　　　*

한밤이었다.

삐이이이이익—

"뭐, 뭐야!"

갑자기 울려 퍼진 시끄러운 소음에 나는 벌떡 일어났다.

"무장, 닐슨 H2 2정!"

나는 반사적으로 쌍권총으로 무장한 채 거실로 나왔다.

같은 소음을 들었는지 차진혁, 차지혜, 유지수, 마리 등도 거실로 나와 있었다.

"무슨 일이에요?"

내가 물었다.

그러자 유지수가 이를 악물며 답했다.

"내가 자기 전에 이 집에 경보 마법을 펼쳐놨었어."

"침입자가 있는 건가요?"

"그래, 일정 크기 이상의 생명체가 아니면 경보가 울리지 않게 설정해 놨어."

비둘기 같은 작은 짐승 때문에 경보가 울릴 리는 없다는 뜻이로군.

그렇다면 침입자가 확실했다.

"실프."

—냐앙!

실프가 허공에 나타나 내 어깨 위에 올라앉았다.

"바깥을 확인해 봐."

—냥!

실프는 즉시 내 어깨를 박차고 날아가 테라스 쪽으로 나갔다.

내가 사는 이 건물은 꼭대기에 옥상이 하나 있고, 펜트하우스 두 채가 쓰는 넓은 테라스가 양옆에 있어 내려다볼 수 있는 구조로 되어 있었다.

즉, 옥상에서 우리 쪽 테라스로 뛰어내릴 수 있다는 뜻이었다.

실프가 옥상 위의 상황을 내 마음 속으로 전달해 주었다.

아무도 출입해서는 안 되는 건물 옥상에 웬 무리가 있었다.

어두운 밤이라 외모는 잘 보이지 않지만, 숫자는 13명. 체격이 전부 큰 걸로 보아 모두 남자였다.

큰 키에 건장한 체격 조건으로 보아 서양인들.

정황상 유지수 팀을 방해했던 TUK의 시험자들이 틀림없었다.

"TUK 같아요. 숫자는 열셋."

"열셋?! 아주 작정을 했군!"

차진혁이 분통을 터뜨렸다.

"개자식들! 우리랑 무슨 원수를 졌다고 이렇게까지 하는 거야! 시험을 방해한 걸로도 충분하잖아!"

유지수도 화를 냈다.

두 사람으로서는 억울하고 분하기 짝이 없는 상황이었다.

그때, 실프가 또 다른 영상을 전달해 주었다.

옥상에 있는 사내들 중 한 명이 두 손을 모으고 주문을 외는 것이었다.

이윽고 양손에 모인 마나가 넓게 퍼져 나가 내 집을 감싸버렸다.

"무슨 마법을 펼쳤어요."

"나도 느꼈어! 결계 마법이야!"

유지수가 소리쳤다. 메인스킬로 마법을 익힌 그녀는 나보다 더 정확하게 파악하고 있었다.

"결계 마법이요?"

"주변에 결계를 펼쳐서 외부와 물리적으로 단절시키는 거야. 소리도 안 들리고 물건이 밖으로 빠져나가지도 않아. 상당한 고위 마법이야!"

강한 마법사가 저들 중에 끼어 있다는 뜻이었다.

"여길 공격한다는 건 랭킹 7위인 현호 씨와도 싸울 준비가 되었다는 뜻입니다."

차지혜가 경고했다.

상대가 나라는 걸 알면서도 습격해 왔다.

날 죽일 준비가 충분히 됐다는 뜻!

"지혜 씨, 일단 한국아레나연구소에 연락해서 지원 요청을 하세요."

"알겠습니다."

"지수 씨는 상대측의 마법 공격을 차단하는 데 신경 써주세요."

"알았어."

유지수도 고개를 끄덕였다.

"나머지는 놈들이 집 안으로 들어오지 못하게 막고, 저는 밖에서 놈들과 싸우면서 시간을 벌게요."

"혼자 괜찮겠어?"

차진혁이 물었다.

나는 고개를 끄덕였다.

"제 장점은 기동력과 원거리 무기예요. 공간이 넓을수록 좋기 때문에 집 안에서 싸우면 안 돼요."

수적으로 불리할 땐 공간적 제약이 있는 장소에서 싸우는 게 유리하다.

하지만 나는 넓은 공간에서 날아다니며 싸워야 한다. 때문에 혼자 밖으로 나가서 놈들을 교란시키기로 판단한 것이다.

"알았다. 조심해라."

"예, 다들 무리하지 말고 방어에만 신경 쓰세요. 지원이 올 때까지만 버티면 되니까요."

모두들 고개를 끄덕였다.

나는 문을 열고 테라스 밖으로 나갔다. 바로 그때였다.

밖으로 나오자마자 웬 붉은 실선이 옥상 쪽에서 내 가슴으로 이어진 것이 보였다.

'궤도감지다!'

적의 원거리 공격 궤도를 감지하는 궤도감지 스킬이 발동된 것이었다.

나는 즉시 우측으로 피했고,

쉭— 콰직!

내가 서 있던 자리에 어느새 화살이 꽂혀들었다. 콘크리트로 된 바닥에 박혀들 정도니 매우 강력한 위력이었다.

날아오는 것을 보지도 못했던 나로서는 깜짝 놀랄 노릇이었다.

'동체시력 스킬을 마스터한 내가 화살 날아오는 걸 못 봤을 리가 없는데?'

나는 빠르게 판단했다.

이건 상대방의 스킬이다.

화살이 보이지 않게 만드는 어떤 스킬을 가진 시험자가 상대방 중에 있는 것이다.

쉭쉭—

또다시 붉은 실선 두 개가 내 머리와 가슴으로 향했다.

'두 발?'

"실프!"

나는 실프를 시켜서 내 몸을 하늘로 띄웠다.

이번에도 화살은 보이지 않았다.

'안 됐군.'

화살을 보이지 않게 하는 스킬이라니. 지금 같은 야전이나 암습 때에 상당히 유용한 스킬 같다.

하지만 궤도감지 스킬이 있는 나에게는 아무 짝에도 소용없었다.

자, 이번에는 내 차례지?

나는 그들이 있는 옥상을 향해 쌍권총을 난사하기 시작했다.

타타타타타타타탕―!

총성이 마구 울려 퍼지고 두 총구에서 불꽃이 연달아 뿜어져 나왔다.

옥상에 모여 있던 13명은 일제히 흩어졌다.

그중 두 명이 훌쩍 뛰어올라 나에게로 도약해 왔다. 그들은 각각 검과 창을 꺼내 들었다.

타타탕!

쌍권총으로 휘갈기자 검을 든 사내가 오러 보호막을 펼치고, 창을 든 사내는 그 뒤에 숨었다.

'그렇다면 이건 어떠냐?'

나는 실프를 시켜 뒤로 물러서면서 계속 쌍권총으로 오러 보호막을 쏘았다.

한 지점을 집중사격하자 오러 보호막이 찢어지고 그 틈새로 총알이 들어가 사내의 몸에 박혀 들었다.

"크헉!"

입고 있는 검은색 슈트가 박살 나면서 검을 든 사내의 어깨에 피가 튀었다.

'오러 보호막은 펼칠 수 있지만 오러 마스터는 아니군.'

오러 엑스퍼트 상급 정도 되는 실력자로 보인다.

헤이싱도 죽인 나로서는 그다지 위협적인 상대가 아니었다.

"크아아!"

검은 든 사내가 어깨를 부여잡고 주춤한 사이, 창을 든 사내가 쏜살같이 달려온다.

내가 쌍권총으로 겨누자, 그는 즉각 들고 있던 창을 있는 힘껏 집어 던졌다.

촤아아악!

힘차게 공기를 가르며 날아드는 창!

'실프, 회오리!'

나는 실프에게 마음속으로 명령을 내렸다.

휘리리릭!

회오리가 생성되어 내 몸을 둘러쌌다. 투창은 회오리를 뚫지 못하고 반대로 튕겨나갔다.

그런데 투창은 돌연 공중에서 방향을 틀어서 또다시 내게로 날아드는 게 아닌가?

콰앙! 쾅!

오리를 머금은 창은 귀신 들린 것처럼 혼자 움직이며 회오리를 계속 때렸다.

'창을 조종하는 스킬인가?'

나는 계속 회오리로 스스로 움직이는 창을 막는 한편, 쌍권총으로 난사를 했다.

타타타타타타탕!

탄약보정과 실프의 힘이 서린 탄환은 회오리를 뚫고 나가 창을 던진 사내를 습격했다.

사내는 커다란 사각방패를 소환해 앞을 막고 웅크렸다.

사각방패에도 오러가 서리면서 내 총탄세례를 모조리 막아
냈다.

'무기가 아닌 방어구에도 오러를 전달할 수 있었나?'

오러 컨트롤의 일종인지, 아니면 저 사내만의 방패술 스킬
인지는 알 수 없었다.

그런데 그사이 검은 든 사내가 다시 나에게 달려들었다.

총에 맞았던 어깨는 언제 치료했는지 멀쩡해 보였다.

'힐링포션을 먹는 걸 보지도 못했는데?'

나는 실프를 시켜 나를 둘러싼 회오리를 더욱 강화했다. 그
리고 회오리를 칼날처럼 날카롭게 벼렸다.

콰지직! 콰앙! 쾅!

귀신 들린 창과 사내의 검이 잇달아 회오리를 강타한다.

두 명이 날 상대하는 사이, 다른 사내들은 집 안으로 들어가
려고 했다.

'실프, 회오리에 흙먼지를 섞어. 놈들이 날 보지 못하게
해.'

─냐앙!

실프는 고개를 끄덕였다.

이윽고 회오리가 주변에 있는 흙먼지를 모두 한데 모으기
시작했다.

회오리에 색깔을 입힌 것처럼 뿌옇게 변했다.

뿌연 회오리가 시야를 가로막는다.

'뜨거운 맛을 보여주마.'

나는 마침내 닐슨에게 선물 받은 물건을 사용하기로 했다.

"무장, 닐슨 R8!"

총장 2미터!

구경 20㎜!

최강의 몬스터 라이플이 나타났다.

쌍권총을 쥐고 있는 나는 닐슨 R8을 발로 차서 실프에게 건넸다.

실프는 능숙하게 닐슨 R8을 들고 장전했다.

나는 검을 든 사내를 먼저 처치하게 했다. 창 쓰는 사내는 방패로 막고 있어서 한 방에 죽이기 힘들어 보이거든.

"카사!"

―멍!

"너도 도와!"

―멍멍!

카사도 실프와 함께 닐슨 R8 사격에 합류했다.

그리고 마침내 닐슨 R8가 검을 휘두르며 회오리를 후려치는 사내를 향해 20㎜ 고폭탄을 발사했다.

투아아앙―!!

쩌렁쩌렁한 소음과 함께 닐슨 R8가 불꽃을 뿜었다.

고폭탄은 오러 보호막과 충돌하면서 폭발했다.

콰아앙!

충돌로 인해 오러 보호막이 찢어졌다. 그 찢어진 틈새로 폭발의 여파가 새어 들어가 검을 든 사내를 덮쳤다.

"끄아악!"

비명을 지르며 뒤로 튕겨져 나간 사내.

나는 인정사정없이 쌍권총으로 마무리 지었다.

타타타타탕!

"끄억! 컥!"

총탄이 연달아 명중.

사내는 검을 떨어뜨린 채 바닥에 널브러졌다.

창을 든 사내가 뭐라고 고래고래 소리 지르며 달려왔다.

창에 오러를 있는 대로 주입한 뒤에 나에게 던졌다.

하지만,

투아아아앙—!!

나의 괴물 라이플 닐슨 R8가 다시 불을 뿜었다.

창 든 사내는 사각방패로 막았지만, 고폭탄의 무시무시한 폭발로 인해 방패와 함께 뒤로 튕겨나가 버렸다. 카사가 폭발력을 키운 덕이었다.

그 바람에 방어태세가 흐트러진 사내에게 내 쌍권총세례가 이어졌다.

타타타타탕!

"끄억! 컥!"

사내가 비명을 지르며 쓰러졌다. 순식간에 두 명을 처치하자 괴한들은 당황한 눈치였다.

그들은 집 안으로 진입하기를 포기하고 대신 일제히 나를 공격했다.

사방으로 넓게 퍼져서 나를 포위한 뒤에 일제히 공격을 시작했다. 붉은 실선이 사방에서 나타났다. 궤도감지 스킬이 발동된 것.

나는 즉시 하늘로 날아오르면서 쌍권총을 양방향으로 쏘았다.

괴한들 중 마법사로 보이는 사내가 커다란 불덩어리를 만들어 내게 날렸다.

타타타탕― 콰르르릉!

쌍권총으로 불덩어리를 난사하니 얼마 못 가 폭발을 일으켰다.

시뻘건 화염이 사방으로 퍼질 때, 나는 카사를 시켜서 화염을 차단했다. 그러면서 닐슨 R8로 마법사에게 한 사내를 저격했다.

타아아앙!!

"큭!"

나직한 신음 소리.

용케 총구가 자신을 향하는 걸 보고 피한 모양이었다. 하지만 왼쪽 어깨를 스쳤는지 피를 흘리는 채였다.

'생각보다 싸울 만한데?'

혼자서 다수와 싸우는데 이 정도로 선전하다니. 차라리 헤이싱과 대결했을 때가 더 위협적이었다.

'스킬이 많으니까 이렇게 유리할 때가 있구나.'

활을 쓰는 사내의 화살 공격은 내 궤도감지 스킬 때문에 무용지물.

또한 막강한 사격의 위력으로 인해 방어에 특화된 스킬을 가진 사내도 처치했다.

그동안 익힌 수많은 스킬이 대인전에서 이토록 유리하게 작용할 줄은 몰랐다.

"바람의 가호! 불꽃의 가호!"

나는 두 스킬을 연속으로 펼쳐서 더욱 공세를 강화했다.

나는 회오리에 불꽃을 입혀서 확산시켰다. 거대한 불기둥이 테라스를 가득 채웠다.

화르르르륵!

"크윽!"

"윽!"

놀란 사내들은 옥상으로 뛰어올라 대피했다.

그들이 한 발 물러서면서 싸움이 잠시 소강상태에 이르나 싶었다.

하지만 바로 그때, 이변이 벌어졌다.

콰직! 슈카악!

"크악!"

"으윽!"

옥상으로 대피한 사내들 사이에서 신음이 울려 퍼졌다. 누군가의 불의의 기습을 받은 것이다.

'한국아레나연구소의 지원이 벌써 도착했나?'

잠깐 그런 생각이 스쳤다. 하지만 실프를 통해 살펴보니 아니었다.

다름 아닌 차지혜와 마리였다.

그녀들은 집 안에서 가만히 있지 않았다. 반대편 창문을 통해 옥상으로 올라와 기습을 시도한 것이다.

허를 찌르는 이 탁월한 전술! 틀림없이 차지혜의 머릿속에서 나왔으리라.

차지혜가 한 명을 상대했고, 암살자인 마리는 배후 기습의 묘를 아주 잘 살려서 한 명의 목을 그어버리는 데 성공했다.

늘 헤실헤실 웃는 바보 같은 마리의 무서운 면모가 유감없이 펼쳐졌다.

어둠 속에 스며들 듯이 신형이 사라지나 싶더니, 상대방의 품속에서 나타나 단검을 휘두른다.

파앗!

권투사로 보이는 사내는 민첩하게 뒤로 물러섰지만, 마리는 뱀처럼 집요하게 따라붙으며 단검을 휘둘렀다.

그러면서 동시에 반대 손으로 나이프를 던진다.

사내는 날아오는 나이프를 감지하고 피했지만, 그 타이밍에 맞춰서 마리가 따라붙으며 단검을 휘둘렀다.

슈칵!

"큭!"

단검은 아쉽게도 사내의 팔뚝을 살짝 긁고 지나갔다.

하지만 마리는 그거로도 충분하다는 듯 뒤로 물러났다.

"으윽?!"

이윽고 사내는 이상하다는 듯이 자신의 팔뚝을 바라보았다. 단검에 긁힌 상처가 뭔가 잘못됐다는 태도였다.

'독이구나.'

나는 쉽게 추측할 수 있었다.

암살자에게 독처럼 좋은 수단이 어디 있겠는가.

일방적으로 당하자 사내들 측은 표정이 좋지 않은 듯했다.

이윽고 그들은 서로 무언가 대화를 나누더니, 세 구의 시체를 들쳐 업고는 후퇴하기 시작했다.

나는 실프를 시켜서 사방을 경계해 혹시나 남아 있는 적이 없나 살폈다.

다행히 적들은 모두 물러간 뒤였다.

"끝난 거야?"

"벌써?"

차진혁과 유지수가 테라스로 나오며 물었다.

나는 고개를 끄덕였다.

"전부 후퇴했어요. 인근에 적은 없어요."

"열셋이나 왔는데 벌써? 우와, 너 진짜 짱 세졌다."

유지수가 나를 보며 감탄했다.

사실 운이 많이 좋았다.

아니, 생각보다 내 대인전 능력이 매우 강력하다는 것을 알게 되었다.

스킬합성으로 얻은 수많은 스킬들!

그것들이 전부 유용하게 작용하면서 습격한 사내들의 갖가지 특기를 전부 무용지물로 만든 것이다.

그로부터 얼마 지나지 않아, 서쪽 하늘에서 헬기가 날아왔다. 마법을 쓴 것인지 소리는 들리지 않았다.

헬기는 건물 옥상에 착륙했고, 그 안에서 4인의 남녀가 내렸다.

"김현호 씨죠?"

검정색 전투용 슈트를 입은 젊은 여성이 다가와 물었다.

짙은 갈색으로 염색한 긴 웨이브펌 머리를 한 예쁜 여자였다.

몸에 딱 맞게 붙는 전투용 슈트로 풍만한 몸매가 여과 없이 드러나 있었다.

떡 벌어진 어깨와 잘 단련된 허벅지 등을 보아 영락없는 근전 전투 계통의 시험자였다.

"예, 연구소에서 오셨나요?"

"맞아요. 세계 랭커를 실제로 봬서 영광이네요."

"별말씀을요. 와주셔서 감사합니다."

"뭘요. 다 출동 수당 받고 하는 일인데요. 그런데 적은 어디 있죠?"

"다행히 전부 격퇴했습니다."

"그래요? 적이 열세 명 정도라고 하지 않았던가요?"

"예, 그중 세 명을 죽였고, 나머지는 도망쳤어요."

"아, 아깝네. 타락한 시험자였으면 카르마 딸 수 있는 기회였는데. 그쪽은 재미 많이 보셨어요?"

"글쎄요. 잠시만요. 석판 소환."

나는 석판을 소환해 보았다.

—성명(Name): 김현호

—클래스(Class): 43

—카르마(Karma): +1,300

—시험(Mission): 다음 시험까지 휴식을 취하라.

—제한 시간(Time limit): 84일 12시간

정령술을 상급 4레벨까지 올리고 동물 조련을 마스터하고
서 300카르마만 남겨놨었다.

그런데 이번에 두 명을 처치하고서 1,300카르마가 되었다.

두 명을 죽였는데도 1,000카르마밖에 못 얻은 것이다.

"아쉽네요. 타락한 지 얼마 안 된 시험자들이었어요."

"그래요? 그럼 중국이나 콜롬비아, 아프리카 쪽처럼 대놓고
타락한 놈들은 아닌가 보네요."

"놈들은 영국 TUK입니다."

"영국?"

여자는 깜짝 놀랐다.

나는 유지수 팀의 사정을 간략하게 들려주었다.

"영국도 이제 본색을 드러냈나 보네요. 그놈의 돈이 뭔지."

그렇게 투덜거리던 여자는 뭔가가 떠올랐는지 손뼉을 치며

내게 물었다.

"참, 제가 제 소개를 했던가요?"

"아뇨."

"호호, 내 정신 좀 봐."

그녀는 쾌활하게 자기소개를 했다.

튼실한 허벅지를 가진 이 건강미 넘치는 여자는 최치후였다.

올해 34세로 나보다 네 살 연상이었는데, 교통사고로 죽었다가 시험자가 되었다고 한다.

전에는 은퇴한 유도선수였나?

"원래는 몸집이 우락부락했거든요. 체력보정을 익힌 덕분에 몸매가 그나마 여성스러워진 거예요."

음, 궁금하지 않았던 사실까지 거침없이 말한다. 정말 유쾌한 여자다.

"예쁘신데요, 뭘."

"호호호, 빈말이라도 고마워요. 이놈의 말벅지는 아무리 용을 써도 안 빠지더라고요. 뭐, 이 정도도 감지덕지지만요."

그러고 보니 차지혜는 체력보정 상급 1레벨인데도 이 여자처럼 허벅지가 두껍지는 않지.

아무래도 체력보정의 효과가 적용되어 육체가 변하더라도, 본래의 체형에 기초하는 모양이었다.

"아무튼 싸움도 끝났고 놈들은 도망쳤겠다, 연구소에 보고할게요."

"예, 그러세요."

최치후가 전화를 하는 사이 우리는 최치후의 일행들과 통성명을 했다.

그들은 모두 최치후와 함께 시험을 진행하는 팀원들이었는데, 24회차의 베테랑들이라고 했다.

잠시 후, 통화를 하던 최치후가 핸드폰을 내게 건네주었다.

"소장님인데 바꿔 달라네요."

"예."

나는 핸드폰을 건네받았다.

"여보세요?"

—김현호 씨, 임철호 소장입니다. 무사하셔서 다행입니다.

한국아레나연구소의 신임 소장 임철호는 김중태 소장의 축출 후에 새롭게 임명된 인사였다. 듣기로는 진성그룹 쪽의 인물이라고 했다.

얼마 전에도 빅 래트를 번식시키는 문제로 만난 바 있었다.

"예, 운이 좋았죠. 아무튼 상대는 TUK의 시험자들인데 얼마 전까지 한국아레나연구소 소속이었던 유지수 팀을 공격했습니다."

—영국에서 그런 일을 저지를 줄은 몰랐습니다. 아마도 유지수 팀은 현재 저희 측 소속이 아니라서 건드려도 뒤탈이 없다고 생각했던 모양입니다.

"하지만 오늘은 저와 함께 있었는데도 습격했죠."

—김현호 씨도 마찬가지입니다.

"예?"

—외람된 말씀입니다만, 김현호 씨도 현재 어디에도 소속되지 않았지요. 노르딕 시험단과 긴밀한 관계에 있으시지만, 그렇다고 김현호 씨가 당하셨을 때 대신 복수를 해줄 의리까지는 없을 테지요.

"……그야 그렇죠."

—물론 저희와 합작하여 진행하는 사업이 있으니, 저희는 김현호 씨의 신변 안전을 지키는 데 최선을 다합니다. 하지만 이 사업은 비밀리 진행하는 터라 영국 측이 알 리가 없지요.

결국 나 역시 죽여도 뒤탈이 없는 사람이라고 판단한 거다.

공식적으로는 진성그룹과 계약이 된 걸로 되어 있는데, 진성그룹도 시험자들과는 마정을 매매하고 필요한 지원을 해주는 정도의 관계일 뿐 그 이상의 관여는 하지 않는다.

—그러니 영국 왕실과 귀족가문들의 가문이 대거 투입된 TUK로서는 이참에 최근 가장 두드러지는 공략과 시험자인 김현호 씨를 제거하고 아레나 사업을 영구히 유지하겠다는 의도가 있었던 모양입니다.

"공략파가 뭐죠?"

—김현호 씨처럼 시험 클리어에 몰두하는 시험자를 그렇게 부릅니다.

"그렇군요. 그럼 영국뿐만이 아니라 다른 국가기관도 이런 일을 벌일 수 있겠네요."

—그렇습니다. 아레나 사업에 투자한 자본가들은 투자수익

을 내기 위해 무슨 짓이든 불사할 겁니다.

"목축을 통한 마정 생산이 성공한다면 그들을 설득할 수 있 겠지요?"

나는 아무도 듣지 못하게 실프로 소리를 차단시킨 채 나직 이 말했다.

―예, 그런데 실은 그 빅 래트 사육 때문에 드릴 말씀이 있 습니다.

"무슨 문제라도 있나요?"

―예, 여러 가지로요.

"설마 빅 래트들이 죽기라도 했나요?"

―그렇지는 않습니다만, 직접 보시는 게 좋을 것 같습니다.

대체 무슨 일일까?

나는 일행들과 함께 당장 한국아레나연구소로 가보기로 했 다.

8장

협상

우리는 최치후 일행과 함께 한국아레나연구소로 가기로 했다.

헬기 탑승 인원이 얼마 안 돼서 유지수와 차진혁까지만 추가로 탑승했다. 나와 차지혜, 마리는 실프의 힘으로 날며 뒤따랐다.

갈큇발 독수리를 타고 날면 좋겠지만 가공간에서 생명체를 꺼낼 수 있다는 사실은 아직 비밀로 하고 싶었다.

"꼭 이렇게 하고 가야 합니까?"

차지혜가 조금은 불만이 담긴 어조로 물었다.

그녀는 현재 나에게 안겨 있었다. 일명 공주님 안기 같은 자세였다.

"예, 이렇게 하고 가야 정령술의 낭비가 적어요. 세 사람이나 하늘로 띄우는 게 얼마나 힘든지 아세요?"

나는 말도 안 되는 변명을 늘어놓았다.

"어떻게 하든 두 사람의 무게는 변함없습니다만?"

"정령술 써보셨어요?"

"물론 아닙니다."

"그럼 말을 마세요. 뭘 안다고 그래요?"

"……."

내 양팔에 들려진 차지혜는 부끄러운지 자꾸만 뒤척였다. 나는 그런 그녀를 흐뭇하게 바라본다.

"그럼 나랑 바꿔!"

내 등 뒤에 대롱대롱 매달린 마리가 불만스럽게 소리쳤다.

"마리 씨, 가만히 좀 계세요."

"이씨! 내가 현호한테 안길 거야!"

"안 돼요."

"왜 안 돼? 돼!"

"실프가 안 된대요. 하늘을 날고 있는데 함부로 움직이는 거 아니에요. 그렇지, 실프?"

─냐앙!

실프는 고개를 끄덕였다.

"거짓말!"

─냐아?

"고양이가 거짓말하고 있어!"

—냐앙? 냐앙, 냥.

실프는 고개를 저으며 부정했다.

마리는 그런 실프를 보며 으르렁거렸고, 차지혜는 여전히 내 품에서 어찌할 바를 몰라 했다.

나란히 날고 있는 헬기 안에 탄 사람들이 우리를 보며 웃었다.

"지혜 언니랑 언제부터 그렇고 그런 사이가 된 거야?"

"평생 혼자 살 것 같은 여자였는데."

유지수와 차진혁이 한마디씩 하자 차지혜의 얼굴이 보기 드물게 빨갛게 익었다.

헬기 프로펠러 돌아가는 소리가 요란했지만 실프의 능력을 사용했기에 서로의 대화가 잘 들리게 했다.

그런데 유지수는 답답했는지 대뜸 헬기에서 훌쩍 뛰어내렸다.

"받아줘, 우차!"

나는 깜짝 놀라 실프를 시켜 유지수를 받아주었다.

유지수는 헤엄치듯이 허우적거리며 우리 쪽으로 다가왔다.

"이게 더 재밌겠다. 언니, 더 말해봐. 둘이 어떻게 해서 사귀게 된 거야?"

"그냥 어쩌다 보니 그렇게 됐습니다."

"에이, 말 편히 해, 언니."

"알겠다."

"자자, 말해봐. 둘이 어떻게 그렇고 그런 사이가 된 거야?"

"말할 의무가 없다."

"흐응, 그럼 다른 사람한테 물어보면 되지. 김현호, 말해 봐."

"흠흠, 그게 어떻게 된 거냐면 말이죠."

내가 주절주절 떠들려고 하자 차지혜가 내 팔을 꼬집었다.

부끄러움이 가득한 그녀의 얼굴은 참으로 오랜만이었다.

이러니까 더 당황시키고 싶잖아.

그렇게 시간 가는 줄 모르고 노닥거리다가 마침내 우리는 한국아레나연구소에 도착했다.

헬기장에 착지한 우리는 직원들의 안내에 따라 안으로 들어섰다.

4층의 넓은 홀에 이르렀을 때, 한 중년 사내가 우리를 반겼다.

"어서들 오십시오."

작고 마르고 머리도 반쯤 벗겨졌지만 강직한 눈매를 가진 남자였다. 나이는 40대 후반에서 50대 초반쯤 되어 보였다.

그는 바로 한국아레나연구소의 신임 소장 임철호였다.

진성그룹 전략기획실에서 오랫동안 근무했던 경력이 있는 엘리트라고 들었다. 박진성 회장의 신임을 받고 있기에 이런 비밀스러운 분야를 맡게 된 것이겠지.

"다시 뵙네요, 김현호 씨."

"예, 소장님. 오늘 도움을 주셔서 감사드립니다."

"당연히 해야 한 일이었지요. 아, 최치후 씨 팀 여러분도 수고 많으셨어요. 출동 수당이 조만간 지급될 겁니다."

"예, 그럼 저흰 이만 가볼게요."

최치후는 우리가 긴히 할 은밀한 이야기가 있다는 것을 눈치챘는지 곧장 팀원들과 함께 떠났다.

임철호 소장은 이번에는 유지수와 차진혁을 번갈아보았다.

"이야기는 들었습니다. 습격을 받는 바람에 고생을 하셨다고요?"

"예."

"저희 연구소의 소속이셨더라면 그리 쉽게 타깃이 되지 않았을 텐데 안타깝습니다."

"……."

"원하신다면 다시 저희와 계약을 하실 수 있습니다. 전과 동일한 조건으로 말입니다."

"정말인가요?"

유지수가 깜짝 놀라 물었다.

TUK의 타깃이 된 자신들을 너무 쉽게 받아준다니 의아한 것이 당연했다.

임철호 소장은 고개를 끄덕였다.

"어차피 여기 있는 김현호 씨까지 습격을 받았습니다. 유지수 씨와 차진혁 씨를 외면한다고 해서 TUK와의 갈등을 피할수 있는 건 아닙니다."

"저희야 좋죠. 계약하겠어요. 괜찮지?"

유지수가 차진혁에게 물었다. 차진혁은 묵묵히 고개를 끄덕였다.

"그럼 계약은 담당자와 따로 하시면 되겠군요. 2층 홀로 내려가시면 담당자와 만나실 수 있을 겁니다."

"알겠어요."

유지수와 차진혁도 그렇게 2층으로 떠났다.

임철호 소장은 지하에서 키우고 있는 빅 래트에 관한 일을 협의하기에 앞서 기밀 유지를 위해 관계없는 사람을 하나둘 떠나보내고 있었다.

이제 남은 건, 여전히 내 목에 매달려 떨어질 줄을 모르는 마리뿐이었다.

임철호 소장은 슬쩍 나에게 눈빛을 보냈다. 마리를 어떻게 하라는 뜻이었다.

나는 마리에게 말했다.

"잠시 다른 곳에서 기다릴래요? 비밀리 나눌 얘기가 좀 있어서요."

"알았어."

떼를 쓸 줄 알았던 마리는 의외로 순순히 내게서 떨어졌다.

행동은 여전히 어린애 같아도 은근히 어른스러운 그녀였다. 정신적으로 순조롭게 회복되고 있다는 뜻이리라.

마리는 임철호 소장이 데려온 직원의 안내를 받으며 떠났다.

이제야 셋만이 남게 되었다.

"빅 래트 번식에 문제가 생겼나요?"

"아직 문제로 불거진 건 아니지만 향후 문제가 생길 여지가 너무 크다고 해야겠군요."

임철호 소장의 말에 나는 의아함을 감추지 못했다.

"대체 무슨 일이 생겼기에 그러시죠?"

"직접 보시는 게 빠를 것 같군요."

"그러죠."

우리는 함께 엘리베이터를 타고 지하로 향했다.

복도 끝에 따로 있는 임원 전용 엘리베이터를 탔는데, 지하에 빅 래트 서식지를 마련해 놓은 뒤로 아무나 지하로 갈 수 없게 차단해 놓은 모양이었다.

지하로 내려왔다.

빅 래트의 축사와는 벽으로 차단되어 있었는데, CCTV를 통해 축사 안의 모습을 볼 수 있었다.

"헉!"

나는 기겁을 했다.

온통 피투성이였다. 공급해 주는 다량의 음식물쓰레기를 전부 먹어치운 빅 래트들은 급기야 서로 싸우며 죽은 동족의 시체를 파먹었다.

뼈까지 갉아먹었는지 뼛조각 조금을 제외하고는 시신이 남지 않았다. 오직 여기저기에 널린 혈흔이 참상을 증명할 뿐이었다.

"저걸 계속 번식시켜서 키워도 되나 의문이 들었습니다."

임철호 소장의 말에 나는 멍하니 고개를 끄덕였다.

그랬다.

내가 미처 생각지 못했던 것.

덩치가 크지만 놈들은 엄연히 설치류. 아레나에서는 재앙으로 통하는 짐승이었다.

"단지 보기 안 좋다는 이유로 문제를 제기한 건 아닙니다. 여기에 자세히 보시면 다른 문제점을 확인하실 수 있습니다."

임철호 소장은 터치스크린을 조작하며 CCTV를 조종했다.

강철로 된 격벽이 곳곳에 파손된 모습이 보였다.

아직 구멍이 뚫리거나 하지는 않았지만 긴 시간이 흐르면 언젠가는 빅 래트들에 의해 뚫릴지도 몰랐다.

"확실히 번식이 좋은 것은 장점입니다. 암수 두 쌍이 벌써 보름간 2회에 걸쳐 새끼를 25마리나 낳았으니까요. 그 새끼들 중 5마리는 부모형제에게 잡아먹혔지만 말입니다."

보름 만에 새끼 25마리를 낳았다니 엄청난 번식력이었다. 소름이 다 끼치네.

"일주일에 한 번식 출산을 했다고요?"

"예, 그게 좀 이상했습니다. 본래 저희가 알기로는 빅 래트가 임신해서 낳기까지 약 15일은 걸리는 것으로 알고 있었는데 말입니다."

'아, 혹시 내 성장촉진 스킬 때문일까?'

내 성장촉진 스킬이 적용되었다면 일주일 만에 낳은 것이 납득이 간다.

비록 딱히 내가 빅 래트를 돌보거나 하지는 않았지만, 내게 지분 4할만큼의 소유권이 있다는 것만으로도 스킬이 어느 정도 적용되었을 수도 있는 것이다.

이 점은 다시 한 번 실험을 해봐야 할 듯했다.

"마정은요?"

"수면가스를 살포하고서 안에 들어가 F─급 마정 5개를 확보했습니다. 확실히 이곳에서 태어난 개체에게도 마정은 존재하는 것이 확인되었습니다. 이것만으로도 대단한 성과지요."

"그건 다행이네요."

아레나가 아닌 이곳에서 낳은 새끼들에게서도 마정이 배출되었다.

즉, 아레나로 가지 않아도 마정을 얻을 수 있게 되었다는 뜻이었다.

F─급에 불과하더라도 보름에 25개씩 얻을 수 있다면 대단하긴 한데…….

"분명 마정 획득량은 빅 래트를 통해 대량으로 얻을 수 있습니다. 하지만 문제는 빅 래트의 위험성이 너무 크다는 점입니다. 자칫 잘못해서 한 마리라도 밖으로 빠져나간다면……."

그랬다간 생태계가 작살나는 건 순식간이겠군.

"그리고 빅 래트는 마정 외에는 쓸데가 거의 없다고 봐야 합니다. 고기는 식품으로 쓸 수가 없고, 가죽도 품질이 썩 좋지 않습니다. 하물며 타국의 위성에 포착될 시 들킬 위험이 커서 지상에서 키울 수도 없지요."

"예, 인정해요."

"그래서 드리는 제안인데, 아레나의 젖소처럼 이쪽과 겉보기에 별반 차이가 없는 가축을 들여와서 키우는 것은 어떻겠습니까?"

"아레나의 젖소요?"

"예, 아레나의 젖소는 성체가 E급 마정을 배출합니다. 게다가 우유나 고기, 가죽 등 높은 활용도를 감안하면 빅 래트의 엄청난 번식력을 포기하더라도 손해가 안 될 겁니다."

"무엇보다 온순해서 키우기 쉽겠네요."

"그렇지요."

나는 임철호 소장의 제안이 옳다고 여겼다.

차지혜 쪽을 바라보니 그녀 역시 고개를 끄덕여 동의를 표했다.

"그게 좋겠네요. 그럼 빅 래트는 포기하기로 하고, 다음 시험에서 젖소를 가져오겠습니다."

"부탁드리겠습니다. 그런데……."

"빅 래트의 처분 말이죠?"

"예, 아무래도 놈들이 수면가스에도 내성이 생긴 것 같아서……."

휴우.

벌써 그런 내성까지 생기고, 내가 정말 아레나에서 생각 없이 무서운 짐승을 데려왔군.

"카사!"

—왕!

소환된 카사가 반갑게 꼬리를 흔들어댔다.

"저 안에 있는 놈들을 전부 불태워 줘."

—멍!

카사는 곧장 사육장 안으로 스며들어갔다.

이윽고……

화르르르르륵!

"찌이익!"

"찌익!"

요란한 비명 소리와 함께 사육장 내부가 화염으로 가득 찼다.

잠시 후, 빅 래트들은 잿더미가 되어서 완전히 사라져 버렸다. 배설물이나 음식물쓰레기의 잔해까지도 전부 불타 없어져 버렸다. 오직 마정 24개만이 남은 상태였다.

'말끔히 정화된 기분이네.'

나는 다시 한 번 빅 래트 같은 흉악한 짐승을 가져온 나 자신의 판단을 자책했다.

협의를 마치고 다시 지상 층으로 올라가니, 유지수와 차진혁, 마리가 노닥거리며 놀고 있었다. 유지수와 차진혁은 계약을 만족스럽게 마쳤는지 밝은 표정이었다.

"오늘 정말 고마웠어."

유지수가 우리에게 다가와 인사를 했다.

"별말씀을요."

하지만 유지수 팀은 아직 문제가 남아 있다.

바로 2차례 실패한 시험을 다음 회차에서 해낼 수 있느냐다.

TUK가 지금은 물러났지만, 아레나에서도 물러날 리는 없으니 말이다.

게다가 영국도 이렇게 본색을 드러낸 이상 다른 국가에서도 언제 이런 식으로 방해를 해올지 알 수 없는 노릇.

'아무래도 특단의 조치를 취해야겠어.'

집으로 돌아와 마리를 먼저 재워놓고, 나는 차지혜와 한 가지 문제에 대해 상의를 했다.

"아레나에서 들여온 가축으로 다른 국가기관과 동맹을 맺겠다는 말씀이십니까?"

차지혜의 물음에 나는 고개를 끄덕였다.

"요번에 영국의 행동을 보니까 더 적이 많아지기 전에 아군을 늘려야 한다는 생각이 들었어요."

현재 시험의 최종 목적을 달성하려는 공략파 시험자를 순수하게 지원하는 국가는 기껏해야 노르딕 시험단과 한국아레나 연구소 정도.

노르딕 시험단은 오딘 등 시험자들의 주도로 설립된 단체이기 때문이고, 한국은 나로 인해 새로운 마정 확보 루트를 얻으면서 공략파에 대한 전폭적인 지원을 결심했다.

'아쉽긴 하지만 어쩔 수가 없구나.'

시험자의 도움 없이 마정을 생산할 수 있는 체제가 얼마나 가치 있는 건지 모르는 내가 아니었다.

하지만 전 세계에 아레나 관련 사업에 투자한 정치·자본가가 얼마나 많은가.

그들에게 만족스러운 대안을 제시해 주어야 한편으로 끌어들여 시험 클리어에 협조시킬 수가 있는 것이었다.

다음 날, 나는 박진성 회장에게 전화를 걸어 내 생각을 말했다.

─그래야겠지.

"의외로 순순히 찬성하시네요?"

─에너지의 독점은 힘이 있을 때나 가능한 이야기야. 그렇지 않으면 공유해서 상부상조해야지.

"그렇죠?"

─협력 관계를 맺고 싶다면 미국과 우선 접촉을 해야 돼.

"그리고 노르딕 시험단도요."

노르딕 시험단에 대한 의리는 잊어버리지 않은 나였다.

처음부터 시험 클리어를 위해 협조를 해주는 노르딕 시험단을 쏙 빼놓을 수는 없는 법이었다.

─알았다. 아무튼 미국 측에는 내가 먼저 접촉을 해볼 테니까 그리 알고 있어.

미국이라면 맥런 가문이겠군.

일전에도 내가 맥런 회장의 불치병(?)을 치료해 주는 등 좋은 인연이 있었으니 긍정적인 반응을 얻을 수 있을 것이다.

통화를 종료한 뒤, 차지혜가 나직이 말했다.

"하지만 고려해야 할 점은 또 하나 있습니다."

"뭔데요?"

"투자자들은 납득할지라도, 시험자들까지 납득할 수 있을지는 미지수죠."

"아, 그 점은 어쩔 수가 없어요."

나도 그 점을 생각 못한 게 아니다.

아레나가 아닌 현실세계에서도 마정을 구할 수 있다!

이는 곧 마정을 구하는 데 굳이 시험자가 필요하지 않다는 뜻이었다.

이는 마정으로 그동안 돈을 벌어왔던 시험자들의 기득권이 깨지는 결과로 이어질 터였다.

돈 벌이에 몰두해 왔던 중국 시험단 같은 시험자 무리는 강력히 반발할지도 모르는 노릇이었다.

어떻게든 시험이라는 시스템을 유지하기 위해 나를 방해해 올지도 모른다.

"대신 저도 공략파 시험자들의 힘을 모아야죠."

당연한 일이었지만 시험을 더 이상 보고 싶어 하지 않는 시험자들도 있었다. 아레나에서 위험한 일을 겪고 싶어 하지 않는 시험자가 없을 리가 없는 것이었다.

게다가 시험으로 돈 벌이를 하는 시험자들은 이미 어느 정도 성장을 해서 자기 한 몸 지킬 힘이 있는 베테랑들뿐이다.

아직 목숨을 건지는 것조차 힘든 미숙한 시험자들은 도움이 필요하다. 그들을 한편으로 만들면 어쩌면 강력한 공략파 세력을 이룰 수 있지 않을까 생각된다.

* * *

스미스 맥런 회장은 평화로운 나날을 보내고 있었다.

아무런 근심거리가 없었다. 아레나 사업은 순조롭고, 가장 무서운 경쟁 세력이었던 중국 시험단은 반 토막이 나버렸다.

사생활에 있어서도 순조롭기 그지없는 나날.

자식들은 다들 자기 인생을 잘 살고 있고, 본인 역시도 하루 하루를 즐겁게 보내고 있었다.

김현호에게 치료를 받은 이후로 다시 성기능이 살아나, 매일 미녀를 끌어들이며 남자로서의 만족감을 즐길 수 있게 되었다.

'나이가 들어서 이제 남자로서 끝났나 싶었는데 잘됐어. 안 좋아지면 또 그자에게 치료를 받으면 돼.'

그까짓 치료비는 얼마든지 지불할 수 있었다. 맥런 가문의 수장으로서 슈퍼 파워를 가진 그에게는 부담되지 않는 금액이었다.

이제 맥런 회장이 원하는 것은 현상 유지였다.

이 나날에 파문을 일으킬 변수를 꺼리게 되었다.

인생의 모험을 즐기기에는 그도 이제 나이가 들었기 때문이었다.

하지만 인생이 다 그렇듯, 그의 평온을 뒤흔들 변수는 생겼다.

"방금 뭐라고 했소?"

맥런 회장은 자신의 귀를 의심했다.

—시험자를 통하지 않고서도 마정을 얻을 수 있는 방도가
우리에게 있다고 했소.

어색한 억양의 영어가 핸드폰을 통해 더듬더듬 들려왔다.

전화를 하는 상대는 바로 굴지의 글로벌 재벌, 진성그룹의
박진성 회장. 직통으로 맥런 회장에게 연락을 할 수 있는 세계
에 몇 안 되는 사람 중 하나였다.

"지금 그 말 블러핑은 아니겠지요?"

—난 거짓말을 할 이유가 없소.

"대체 어떤 방식으로 시험자를 통하지 않고서 마정을 얻을
수 있단 말이오? 아레나 세계로 직접 갈 수 있는 통로라도 있
단 말이오?"

—그렇지 않소. 하지만 아레나로 갈 필요도 없지.

"어떻게 말이오?"

—김현호.

"……?"

익숙한 이름이 나왔다.

맥런 회장도 아주 잘 알고 있는 시험자였다.

—거기까지만 말하겠소.

그걸로 충분했다.

맥런 회장의 머릿속에서 여러 가지 사실이 유추되기 시작했
다.

시험자 김현호는 최근 부상하기 시작한 세계 랭커.

그 이름이 박진성 회장의 입에서 나왔다는 것은 김현호가 아레나에 가지 않고도 마정을 얻을 수 있게 할 수 있다는 뜻이었다.

박진성 회장이 군이 이 황금을 낳는 거위의 존재를 밝힌 이유는 협상을 하고 싶다는 것.

이쪽에 무엇을 원하는 것일까?

그것은 김현호가 급속도로 시험의 최종 목적에 접근 중인 공략파 시험자라는 사실과 직결된다.

어느 정도 감을 잡은 맥런 회장은 입을 열었다.

"그 친구는 특별한 재주를 참 많이도 가지고 있구려."

―그러게 말이오.

"곧 한국에서 뵙겠소."

―빠르면 빠를수록 좋소.

"알겠소."

통화를 종료하고서 맥런 회장은 많은 생각을 했다.

'시험자를 통하지 않고도 마정을 얻을 수 있다고?'

이를테면 그건 유전(油田)을 확보한 것이나 다름없었다.

인류 사상 최고의 부를 거머쥔 록펠러 가문처럼 될 수 있는 성공의 열쇠다!

'그걸 공유하겠다는 것은 혼자 먹다가 탈나기는 싫다는 뜻이겠지.'

그리고 김현호는 시험을 클리어하는 데 누구의 방해도 받지 않기를 원할 터였다.

그리고 맥런 회장은 아레나 업계에서 가장 큰 파워를 가진 사람이었다.

'좋은 기회가 되겠군.'

아레나 사업에 투자한 모든 자본가의 공통된 근심이 있다면 바로 미래에 대한 불확실성.

앞으로도 계속 마정을 얻을 수 있느냐는 의문에 대한 해답을 이번 기회에 얻을 수 있을지도 몰랐다.

'그 전에 한 가지 확실히 해야 하는 게 있군.'

맥런 회장은 다시 핸드폰을 꺼내 어디론가 문자메시지를 보냈다.

잠시 후,

"부르셨습니까?"

흑발의 미남자가 방 안으로 들어왔다.

그의 이름은 데이나 리트린.

전 세계 시험자들 중 카르마 총량으로 공식 랭킹 1위를 기록한 거물 중의 거물이었다.

자기 힘을 모두 드러내지 않은 숨은 강자는 많겠지만, 공식적으로 세계에서 으뜸이라고 인정받은 것만으로도 엄청난 일이었다.

게다가 숨은 강자들과 마찬가지로, 데이나 또한 알려지지 않은 능력이 여러 가지였다.

"긴히 할 얘기가 있어서 불렀네."

"말씀하십시오."

"이리 편히 앉게."

맥런 회장은 탁자 쪽 의자를 가리켰다.

늘 밝게 미소 짓고 있는 그의 표정이 조금은 진지하게 변했다.

데이나는 탁자 의자에 앉았다.

"무슨 일이 있으십니까?"

"음, 있지."

데이나는 조용히 맥런 회장이 본론을 꺼내길 기다렸다.

맥런 회장이 말했다.

"나랑 함께 일하게 된 지가 얼마나 됐지?"

"현실 시간으로 14년이 됐군요."

"허, 그렇게나? 그럼 자네의 시간으로는 얼마나 되나?"

아레나에서 보낸 시간까지 포함한 세월을 물은 것이었다.

데이나가 답했다.

"47년이 지났습니다."

"허어……."

맥런 회장의 얼굴에 감탄이 어렸다.

"자넨 그 긴 시간을 나와 함께했군."

"예."

"그동안 아무 문제도 일으키지 않고 나를 충실히 도와주었어."

"큰 문제를 일으키지 않고 자기 일에 충실한 건 그리 어려운 일이 아니지요."

"아니야. 어렵지, 어려워. 그건 정말 힘든 일이고말고."

"사람 성격마다 차이가 있겠군요. 제게는 별로 힘든 일이 아니었습니다."

"하핫, 역시."

맥런 회장은 좋은 친구를 보듯이 데이나를 바라보았다.

잠시 침묵이 흘렀다.

맥런 회장이 다시 질문했다.

"시험을 클리어하지 않은 지는 얼마나 됐나?"

"얼마 전까지 5회를 실패했습니다. 조금씩이지만 마이너스 카르마가 쌓이기 시작했지요."

"쯧, 졸지에 타락한 시험자가 되어버렸군. 미안하게 됐네."

"괜찮습니다."

"아마도 자네는 마음먹으면 누구보다도 시험에 가까이 접근하겠지?"

"아마 그럴 겁니다."

"흐음, 그럼 클리어하면 어떻겠나?"

"이번 시험을 말입니까?"

"모든 시험."

"……."

데이나는 진심이냐는 눈빛으로 맥런 회장을 바라보았다.

"어쩌면 시험을 통하지 않고서도 마정을 얻을 수 있게 될지도 몰라."

"그건 불가능할 텐데요. 저도 많은 실험을 해보았습니다. 결국 지구상의 생명체는 마정을 품을 수가 없더군요."

"암, 자네가 많은 실험을 해본 건 알지. 그런데 아마도 한국에서 마정을 얻는 방법이 있는 모양이야."

"한국……."

데이나는 잠시 생각하더니 말을 이었다.

"김현호입니까?"

"……자넨 그걸 어떻게 알았나?"

더없이 놀란 맥런 회장에게 데이나는 미소를 지으며 말했다.

"생명의 불꽃이라는 이상한 스킬을 가진 시험자였지요. 누구보다도 빠른 속도로 강해지기도 했고요. 그는 무언가 특별한 게 있는 시험자라고 생각하고 있었습니다."

"오랫동안 봐왔지만 자넨 정말 대단하군."

"별말씀을요. 아무튼 그런 말씀을 하시는 이유를 보니, 더 이상 시험자로 있을 수 없어도 상관없겠냐고 제게 묻고 싶으신 거군요?"

"그렇지. 자네는 누구보다도 시험자로서 많은 것을 이룩한 장본인이니까. 조만간 한국에 가서 협상을 할 건데, 그 전에 자네의 의사부터 듣고 싶네."

데이나의 대답은 그리 오래 걸리지 않았다.

"상관없습니다."

"상관없다고?"

"예, 부귀영화를 모두 누려 보았고, 그게 그리 대단한 의미를 가진 게 아니라는 것도 압니다. 시험이 모두 끝나고 제가 평범한 사람이 된다 해도 별 미련이 없습니다."

"그런가? 어떻게 그럴 수가 있나?"

"그동안 이룩한 모든 스킬이 사라진데도, 시험자로서 살았던 제 지난 삶까지 모두 사라지는 건 아니니까요. 시험 이후에는 이후대로 새로운 삶이 절 기다리고 있을 겁니다. 모아놓은 재산도 넉넉하고 말이죠."

"하하, 자네가 나보다 낫군. 난 자네처럼 욕심을 버릴 수가 없어."

데이나는 싱긋 웃었다.

"사람 성격마다 차이가 있겠군요. 제게는 별로 힘든 일이 아닙니다."

"하하핫!"

맥런 회장은 유쾌하게 웃었다.

웃음이 그친 뒤, 맥런 회장이 말했다.

"이번 일이 성사된다면 난 자네를 아레나 관련 사업체의 최고경영자로 임명할 생각이네. 지분도 나눠주지. 결코 자네를 섭섭하게 하지 않겠어."

"믿습니다. 회장님이 뜻하신 대로 하시지요."

"고맙네."

맥런 회장은 데이나의 손을 잡았다.

데이나 리트린은 평소와 다름없이 변함없는 웃음을 짓고 있었다.

9장

우방

　우리는 적당히 여유로운 시간을 보냈다. 이따금씩 차를 타고 여기저기 놀러 다녔고, 집에 있을 땐 대련도 했다.

　차지혜와 마리가 한편이 되어서 나를 공격했는데, 마스터에 이른 운동신경과 동체시력 스킬이 있기 때문에 그럭저럭 팽팽한 대결이 되었다.

　밥도 먹고 TV도 보며 노닥거리다가 밤에 심심해지면 아레나에서 수여받은 영지에 대한 정보를 조사했다.

　한국아레나연구소는 물론이고 노르딕 시험단으로부터도 데이터를 제공받아서 많은 정보를 공부할 수 있었다.

　일단은 데이터를 태블릿PC에 저장해 놓고 두고두고 보기로 했다.

아레나에 가서도 볼 수 있는데 급하게 공부할 필요는 없지. 내가 원래 공부에 영 젬병인 건 공무원 시험 준비를 하면서 충분히 입증됐고 말이다.

그러면서 임철호 소장과 박진성 회장에게서 꾸준히 연락이 왔다.

미국의 대표적인 아레나 사업자인 맥런 회장과의 접촉이 점점 가시화되었다. 그리고 마침내 맥런 회장의 한국 입국 사실이 임철호 소장을 통해 내게 전달되었다.

며칠 뒤, 한국아레나연구소에서 보낸 차량이 도착했다.

차량을 타고 인근 군부대의 헬기장에 도착, 헬기를 타고 한국아레나연구소로 이동했다.

"오랜만에 뵙습니다. 회장님께서도 반가워하십니다."

그때와 마찬가지로, 데이나가 나서서 인사를 했다.

맥런 회장은 뒤에서 씨익 웃어 보였다.

다른 수행원은 없이 오직 데이나 리트린만을 데리고 온 모양이었다.

"다들 모이셨으니 안으로 드시지요. 아니면 연구소 바깥은 좀 둘러보시겠습니까?"

그렇게 내게 물어본 임철호 소장은 영어로 맥런 회장에게도 물었다.

맥런 회장은 고개를 끄덕이며 바다로 둘러싸인 연구소 섬의 해변을 가리키며 뭐라고 한다.

데이나는 친절하게도 영어를 모르는 내게 아레나어로 말해

준다.

"바람을 쐬고 싶어 하시는군요."

"네……."

차지혜는 물론 마리까지도 영어를 어느 정도 알아듣는 터라, 나만 괜스레 부끄러워졌다. 정말 난 공부와는 인연이 아닌 모양이다.

임철호 소장은 함께 연구소가 위치한 섬을 한 바퀴 돌면서 이곳저곳을 설명했다.

나이 든 아저씨가 영어로 유창하게 설명하는 모습을 보니 괜히 감탄이 나왔다. 역시 엘리트는 다르구나.

임철호 소장과 맥런 회장이 연구소 외부 정경을 둘러보며 이야기를 나누고 있을 때였다.

"김현호 씨?"

데이나가 나에게로 다가왔다.

"예, 리트린 씨."

"최근의 성장세가 놀랍더군요."

"운이 많이 따랐거든요."

"확실히 그래 보입니다. 남들은 하나도 갖기 어려운 특별한 스킬을 여러 개씩 보유했으니 말입니다. 정령술이나 생명의 불꽃처럼 이번에도 무언가를 얻으신 모양이지요?"

"예."

나는 순순히 인정했다. 굳이 숨길 필요야 있나. 어차피 협상하면서 보여주게 될 텐데.

가공간으로 전자기기를 아레나로 반입할 수 있다는 사실만 안 보여주면 된다.

내가 노르딕 시험단과 함께 아레나에 인공위성까지 들여놓을 계획이란 걸 알면 아주 기절초풍하겠지?

"카르마 보상으로 고를 수 있는 평범한 보조스킬들은 아닐 테고, 아마도 특수스킬이겠군요."

정확하게 짚는군.

나는 긍정도 부정도 하지 않았다.

"그런데 정말 궁금한 점이 있습니다."

데이나가 문득 말했다.

"저도 마정을 현실세계에서 만들어내고자 마법적인 모든 시도를 해보았습니다만 전부 실패했습니다. 그런데 당신은 무슨 수로 아레나가 아닌 곳에서 마정을 구할 수 있는 겁니까?"

"아레나에 서식하는 동물을 이곳으로 데려올 수 있습니다."

내 말에 데이나는 잠시 멍한 표정이 되었다. 이윽고 놀란 얼굴로 묻는다.

"그게 가능합니까?"

"예."

"저도 나름대로 시도해 본 게 많은데, 마법으로 아무리 보호조치를 취해도 작은 벌레, 하다못해 식물의 씨앗 하나 가져올 수 없었습니다. 흔적도 없이 사라져 있었지요."

"제게 특별한 스킬이 하나 있는데, 아이템백과 동일한 수납

효과를 갖는 스킬입니다. 스킬의 레벨을 올리니까 살아 있는 생명체의 수납이 가능해지더군요."

전자기기도 수납할 수 있지만 그건 알려줄 필요가 없지.

"그럼 괴물들도 가져올 수 있겠군요?"

"죽이지 않고 제압한다면 말이죠. 하지만 괴물은 가져오고 싶지 않네요. 지구에 괴물이 서식하게 만들기는 꺼림칙하니까요."

"정말 신기한 스킬입니다. 아마 당신의 특수스킬은 그런 스킬들을 만들어낼 수 있는 능력이겠군요?"

음, 근데 왜 자꾸 일방적으로 꼬치꼬치 캐묻니?

나는 대답 대신 역으로 질문했다.

"저도 궁금한 게 있는데, 리트린 씨는 현재에도 시험을 클리어하고 계시나요? 아니면 시험 클리어를 미뤄서 타락한 시험자가 되셨나요?"

나도 가르쳐 줬으니 너도 그 정도 비밀은 가르쳐 달라는 요구였다.

데이나는 웃으며 답했다.

"4회째 클리어를 미루고 있습니다. 아직 얼마 안 되지만 마이너스 카르마가 쌓이기 시작했습니다."

"그렇군요."

공식 통계로 세계 랭킹 1위를 기록할 정도로 많은 카르마를 보유했다면, 그만큼 굉장히 많은 시험을 클리어해 왔다는 뜻이었다.

아마 데이나 리트린은 나보다 훨씬 더 시험의 최종 목적에 가까이 접근하지 않았을까 싶다.

그래서 더는 클리어하지 못하고 미루고 있는 것이겠지.

거기서 더 나아가면 모든 시험이 종료될지도 모를 정도로, 그는 최종 목표에 다다른 것이리라 짐작된다.

그리고 마법이라는 단어를 여러 번 언급했지.

그의 메인스킬이 마법이라는 것을 어렵지 않게 짐작할 수 있었다.

'맥런 회장이 한국에 왔다는 건 우리의 제안을 받아들이고 협력할 의사가 있다는 뜻이겠지?

상원의원까지 해먹은 맥런 회장이 그 정도 맥락도 못 읽었을 리가 없다. 곧바로 우리가 원하는 게 뭔지 알아차렸을 것이다.

마정을 생산할 수 있는 수단을 제공해 줄 테니, 함께 시험을 공략하자는 우리 뜻을 알고서 한국에 왔을 것이다.

"실프."

―냐앙?

허공중에 나타난 실프가 나에게 얼굴을 부비부비 비비며 애교를 떨었다.

"주변에 보는 사람이 있나 봐줄래?"

―냥.

실프는 곧장 하늘로 날아올랐다.

인근을 한 바퀴 슥 보고 돌아온 실프는 고개를 저었다.

보는 사람이 아무도 없다는 뜻이었다.

나는 데이나를 보며 씨익 웃었다.

"가장 궁금하셨던 걸 보여드릴까요?"

"꼭 보고 싶습니다."

데이나도 싱긋 웃었다. 정말 할리우드 영화배우처럼 멋진 웃음이었다.

나는 흘깃 뒤에 있는 차지혜를 바라보았는데, 다행히 그녀는 데이나의 멋진 미소에도 아무 반응도 하지 않았다.

마리도 데이나에게는 아무 관심도 없이 나만 바라보며 빨리 뭔가 신기한 걸 보여 달라는 표정이었다.

나는 가공간에서 갈큇발 독수리 셋째를 꺼냈다.

이미 성체인 첫째와 둘째, 여섯째와 일곱째는 지나치게 커져서 내 성장촉진 스킬의 존재를 들킬 염려가 있었다.

그래서 아직 평범한 갈큇발 독수리의 평균치 크기인 새끼들 중 셋째를 꺼냈다.

아직 다 자라지 않은 새끼지만 데이나가 그런 사실까지는 모를 테니까.

"삐익?"

갑자기 밖에 꺼내진 셋째는 주위를 두리번거렸다.

마스터한 동물 조련 스킬을 통해 나는 셋째의 심리 상태를 알 수 있었다.

의아함과 호기심.

주인인 내가 곁에 있기 때문에 두려움은 없어 보였다.

"갈큇발 독수리로군요."

데이나는 놀란 얼굴로 셋째를 바라보았다. 셋째도 데이나를 보며 뭘 보냐는 듯이 빤히 바라본다.

셋째는 곧 이놈 쪼아도 되냐는 듯이 날 바라보았지만 나는 고개를 저었다.

내 허락 없이 사람을 해치지 말라는 교육을 받은 셋째는 아쉽다는 듯이 입맛을 쩝쩝 다셨다.

"동물 조련 스킬을 익히셨습니까?"

"예, 마스터죠."

"재미있는 보조스킬을 배우셨군요."

데이나는 셋째를 향해 손을 뻗었다.

셋째는 불쾌하다는 듯이 고개를 휙 돌려서 피했다.

데이나는 쓴웃음을 지으며 뻗었던 손을 내렸다.

묘하게도 셋째는 데이나를 마음에 안 들어 하는 것 같았다.

차지혜를 처음 봤을 때도 온순했던 녀석이 말이다.

"우와! 우와아아아!"

흥분에 찬 이 고함 소리는 바로 마리였다. 마리는 셋째를 가리키며 내게 물었다.

"이거 현호 거야?!"

"네."

"나! 나, 나 만져볼래! 아니, 안아볼래!"

"마음대로 하세요."

"헤헤헤!"

마리는 냉큼 셋째에게 달려가 와락 끌어안았다.

이번에는 데이나를 대할 때와 달리 순순히 마리를 받아들이는 셋째.

이를 보며 나는 한 가지 가설을 떠올려야 했다.

'설마 남자를 싫어하는 건가?'

그러고 보니 셋째가 수컷이긴 하지.

"김현호 씨? 그건 대체……."

맥런 회장과 여러 가지 대화를 나누고 있던 임철호 소장이 이쪽으로 다가와 물었다.

갑자기 거대한 독수리가 떡하니 나타났으니 의아할 만도 했다.

맥런 회장도 셋째를 놀라운 눈으로 보며 뭐라고 영어로 떠들어대고 있었다. 데이나 또한 영어로 대답하며 맥런 회장에게 설명을 해주는 눈치였다.

맥런 회장이 다시 뭐라고 말했고, 데이나는 내 쪽을 바라보며 통역했다.

"회장님께서 위험하지 않다면 저것을 만져보고 싶어 하십니다."

"그렇게 하세요. 공격하지 않을 테니까요."

맥런 회장은 조심스럽게 마리가 껴안고 있는 셋째에게 다가갔다.

맥런 회장의 오른손이 셋째의 머리를 향했는데, 부리에 쪼여 크게 다칠까 봐 두려운지 손이 살짝 떨렸다.

하지만 셋째는 그냥 무덤덤하게 그의 손길을 받아들였다.

내 명령이 있으므로 아무 거부반응도 하지 않고 허용한 것이었다.

그다지 불쾌감도 드러내지 않는다.

'이상하네?'

데이나가 만지려 할 땐 불쾌해하더니, 맥런 회장의 손길은 무덤덤하게 받아들이는 이유가 뭘까?

남자를 싫어하는 것인지도 모른다는 가정이 틀린 셈이므로, 나는 더더욱 궁금해졌다.

데이나에게 무언가 셋째의 기분을 거스르는 것이 있다는 뜻인데 말이지.

하지만 진지하게 고민해 볼 문제는 아니므로 나는 대수롭지 않게 넘어갔다. 나중에 기회가 된다면 알게 되겠지.

셋째의 머리를 쓰다듬던 맥런 회장이 내게 뭐라고 말했다.

물론 난 못 알아들었고, 옆에서 차지혜가 친절하게 통역해 주었다.

"어떤 동물이든 가져올 수 있냐고 물어봅니다."

나는 고개를 끄덕였다.

"지구에 해를 끼치지 않는 동물이면 뭐든지. 다만 부피에 한계가 있으니 너무 큰 동물이 아니었으면 좋겠네요."

고개를 끄덕인 차지혜는 맥런 회장에게 영어로 설명해 주었다.

거기에 임철호 소장도 추가적으로 영어로 뭐라고 설명을 덧

붙였다.

알아들을 수는 없었지만 중간중간에 'Big rat' 라는 단어가 들리는 걸 보니, 빅 래트를 사육하다가 실패한 이야기를 들려주는 모양이었다.

유심히 셋째를 보며 이야기를 들어본 맥런 회장은 눈을 빛내며 질문을 던졌다.

데이나가 통역했다.

"회장님께서는 어떤 대가를 바라냐고 물으십니다."

"제가 무엇을 바라는지 알고 계시리라 생각되는데요."

데이나는 싱긋 웃고는 맥런 회장에게 내 말을 전달했다.

맥런 회장은 씩 웃고는 임철호 소장에게 영어로 이야기했다.

임철호 소장이 말했다.

"들어가서 제대로 협의해 보자고 하십니다."

"그러죠."

나는 셋째를 가공간에 집어넣었다. 우리는 연구소 건물 안으로 움직였다.

연구소 안에서 우리는 더 협의를 했다.

주로 임철호 소장과 맥런 회장이 협상했는데, 영어로 열띤 대화를 하는 것을 차지혜와 데이나가 통역해 주어서 간신히 대화의 흐름을 이해했다.

요지는 아레나에서 짐승을 가져다주는 대신에 대가를 얼마나 줄 수 있느냐다.

우리는 말로만 하는 협력 관계를 원하는 게 아니었다.

맥런 가문 측이 보유한 시험자들이 확실하게 공략파로 돌아섰으면 하는 것이었다.

임철호 소장은 그 밖에도 세계 최고 수준의 마정 응용 기술을 보유한 맥런 가문과 기술 제휴를 옵션으로 챙기길 원하는 듯했다.

임철호 소장이 진성그룹 측의 인사라 더욱 그런 면에서 실리를 추구하는 듯했다.

이야기를 듣던 차지혜가 나직이 내게 들려주었다.

"협상이 조금씩 진전되고 있습니다. 맥런 가문이 전자기기 분야에 한하여서 진성그룹에 필요한 마정 응용 기술을 제공해 줄 용의가 있다고 합니다."

"그렇게 쉽게요?"

"맥런 가문은 주로 자동차와 항공, 선박에 집중하고 있어 IT 전자에 주력하는 진성전자와 분야가 겹치지 않습니다."

하긴, 그도 그렇구나.

요즘은 자동차 등에도 IT 기술이 들어가니 서로 협력하면 좋은 비즈니스 파트너가 되기도 하겠지.

"그렇게 기술 제휴가 이루어지면 당연히 현호 씨도 진성그룹에 대가를 요구할 수 있습니다."

그야 당연했다.

아레나의 짐승을 가져다주는 사람은 나다.

그로 인해 기술 제휴로 진성그룹이 이득을 본다면 마땅히 그 대가를 나에게도 지불해야 한다.

'뭐, 사실 돈은 썩어날 정도로 많고 달리 쓸데도 없지만.'

이미 진성그룹은 정부와 합작하여 목축을 통한 마정 생산을 준비하고 있었다. 그 사업에서 내 지분율은 4할로 최고주주였다.

그것만으로도 향후 세계 재벌이 될 만한 막대한 부가 들어올 터였다.

딱히 더 욕심은 없지만, 그래도 공짜로 숟가락 얹게 놔두는 건 예의가 아니니까!

"박진성 회장님한테 뭘 달라고 할까요? 사실 돈은 별로 필요가 없는데."

"진성전자 지분을 달라고 하십시오."

"아하, 그게 좋겠네요."

마침 듣기로 그 영감님, 은퇴설이 돌고 실적 저하로 주가가 폭락했을 때 진성전자의 지분을 많이 확보해 두었었다고 했다.

그러고서는 내 치료로 병이 낫고서 복귀했을 때 주가가 다시 치솟는 바람에 막대한 이득을 거뒀더랬다.

그때 확보한 지분이 많을 테니 내게 약간 떼어줄 정도는 충분하겠지 싶었다.

"소박하게 한 0.5% 정도만 달라고 할까요?"

"그리 소박하게 들리지는 않지만 그 요구를 들어줄 수밖에 없을 겁니다."

뭐, 아무튼 그건 별로 중요한 게 아니지.

내 관심사는 이걸로 맥런 가문 측 시험자들이 얼마나 적극적으로 시험 공략에 나설 것이냐다.

말로만 시험의 최종 목표를 달성하기 위해 노력하겠다고 하고 모른 체하면 안 되니까 말이다.

뭔가 확실하게 판단할 수 있는 요구 조건을 걸어야 한다.

나는 곰곰이 생각해 보았다.

그러다가 문득 맞은편에 앉아 있는 흑발의 미남자, 데이나 리트린을 바라보았다.

'그렇지!'

나는 좋은 생각이 떠올렸다. 무엇을 요구해야 할지 확신이 들었다.

나는 살짝 손을 들어서 발언을 요구했다.

모두들 나를 쳐다봤다.

"저도 조건이 하나 있습니다. 그쪽이 시험 공략에 힘쓴다는 증거가 필요합니다."

나는 아레나어로 말했다.

아레나어를 모르는 임철호 소장에게는 차지혜가 통역해 주었다.

나는 데이나를 가리키며 말을 이었다.

"리트린 씨가 다음 시험을 클리어했다는 증거를 원합니다."

데이나의 얼굴에 놀라움이 어렸다. 이윽고 그는 웃으며 맥런 회장에게 내 말을 통역했다.

맥런 회장이 조금 우려가 깃든 얼굴로 뭐라고 말했고, 데이나는 어깨를 으쓱해 보인다.

"좋습니다."

데이나는 선뜻 내 말에 동의했다.

"리트린 씨가 시험을 클리어했다는 증거를 확인하기 전까지는 거래를 보류하겠습니다."

"증거를 드릴 수 있을지는 모르겠지만, 제가 시험을 클리어한다면 아마 확실하게 알게 될 겁니다."

"……?"

데이나는 웃으며 말을 이었다.

"5인의 대사제. 그중 두 명을 세상에서 지워 버리겠습니다."

"……예?"

순간 나는 내 귀를 의심했다.

"그들 조직이 아만 제국 왕실과 깊은 연관이 있다는 건 알고 계실 테지요?"

"그렇긴 합니다만……."

"대사제 두 명이 사라져 버리면 분명히 그 여파를 감지할 수 있을 겁니다. 김현호 씨와 절친한 노르딕의 오딘이라면 이변을 파악하겠지요."

데이나의 말이 옳았다.

오딘이야 왕실과도 밀접한 연관이 있는 권력자이니 그런 정보도 빨리 파악할 수 있겠지.

하지만 그보다는 믿을 수가 없었다. 대사제 다섯 중 두 명을 죽이겠다니.

그 엄청난 호언장담은 무슨 자신감에서 나오는 것일까?

"그 말씀은 진심인가요?"

"진심입니다. 자신감의 표현이 아니라, 확실하게 그럴 수 있는 여건에 있기 때문에 약속할 수 있는 것이지요."

"한 명도 아니고 두 명을……. 정말 그게 가능하다고요?"

나는 다시 한 번 묻지 않을 수 없었다.

"제게는 그리 어려운 일이 아닙니다."

나는 비로소 눈앞에 있는 남자, 데이나 리트린이 어떤 사람인지 다시금 떠올리지 않을 수 없었다.

카르마 총량 세계 랭킹 1위.

굴지의 맥런 회장이 그림자처럼 곁에 둘 정도로 신임하는 사나이.

과연 대사제 둘을 죽이겠다는 약속이 지켜질지 호언장담으로 끝날지는 지켜봐야 알 일이었다.

하지만 도저히 허풍을 떠는 것으로 보이지 않았다. 그래서 그에 대해서 더욱 궁금증이 들었다.

대체 어떤 스킬을 얼마나 익히고 있을까? 그는 얼마나 강한 사람일까?

* * *

맥런 회장과는 그렇게 1차 협의가 끝났고, 더 자세한 협상은 임철호 소장이 전담하기로 했다.

세부적인 협의는 한국아레나연구소와 맥런 연구소가 조율을 하게 되는 것이다. 나야 맥런 가문이 우방이 되어서 영국처럼 적이 되지만 않는다면 그걸로 만족이었다.

맥런 연구소 다음은 노르딕 시험단이었다.

그들은 원래부터가 나의 우방이었으므로 그리 많은 협의도 필요 없었다.

노르딕 시험단의 경우, 오딘이 먼저 내게 연락이 왔다.

—마리로부터 얘기를 들었소. 거대한 독수리를 가공간에서 꺼내셨다고 하던데…….

마리와 전화 통화를 하다가 들은 모양이었다.

"예, 그렇지 않아도 제가 먼저 연락을 드리려고 했어요."

나는 아레나의 가축을 현실세계로 가져와서 사육해 마정을 채취하는 방식을 제안했다.

—우리도 바로 그 점을 염두에 두어서 이렇게 연락을 하게 된 거요. 어떻게 안 되겠소?

"물론 되고말고요. 대신 적절한 대가는 필요해요."

나는 맥런 연구소와도 협의 중이라는 말을 덧붙였다.

—흐음, 우리도 마정 응용 기술을 나름대로 보유하고 있긴 하지만, 맥런 가문처럼 협상 카드로 내밀만 한 게 얼마 되지 않구려.

나는 잠깐 생각해 보다가 말했다.

"일단은 노르딕 연구소에서 개발한 인공근육슈트와 교신기를 한국아레나연구소에 제공해 주셨으면 좋겠어요."

─알겠소. 어차피 그것들은 당신 덕분에 쓸 수 있는 것이니 얼마든지 제공해 드려야겠지.

"흐음, 그것 말고는 잘 모르겠네요. 한국 정부와 진성그룹도 같이 참여하고 있는 사업이라 그냥 해드릴 수는 없는데……."

─일단 우리는 아시다시피 그 어느 시험단보다도 시험 공략에 역량을 집중하고 있소. 한국 시험자들의 시험에도 우리가 많은 도움을 줄 수 있소. 세계 랭킹을 둘러봐도 우리 측 시험자들이 한국 측보다 강하니 말이오.

그건 그렇지.

노르딕 시험단은 북유럽 국가들의 시험자들이 모두 모인 조직인 데다가, 시험을 클리어하는 데 집중한 탓에 평균적인 시험자들의 역량이 한국보다 훨씬 우수했다.

게다가 미국의 맥런 가문보다 훨씬 믿을 만하다는 장점도 있었다.

데이나 리트린이 내건 약속이 있긴 했지만, 기본적으로 그들이 시험 공략에 얼마나 적극적일지는 미지수인 것이다.

─그리고 기초과학분야에서도 우리가 한국보다 우수하오. 그 부분에 대한 제휴를 제안할 수도 있겠구려.

"아무튼 간에 임철호 소장에게 이야기를 해놓을 테니 한번 협의를 해보세요."

—그럼 모쪼록 잘 좀 말을 해주시오. 부탁드리겠소.

"알겠습니다."

그리고는 전화를 끊으려다가 나는 문득 뭔가가 떠올라서 급히 말했다.

"아, 잠깐만요!"

—왜 그러시오?

오딘이 의아하게 물었다.

"데이나 리트린 아시죠?"

—모를 리가 있겠소?

"맥런 회장과 처음 협의를 할 때……."

나는 데이나가 대사제 2인을 죽이겠다고 약속한 일을 오딘에게 들려주었다.

—대사제 둘을?

"예, 허풍을 떠는 것 같지는 않았어요."

—으음, 확실히 데이나 리트린이라면 그게 가능할지도 모르겠구려.

"그래요?"

—잘은 모르겠지만 그는 현존하는 시험자 중 가장 많은 회차의 시험을 겪은 인물일지도 모르오.

"그렇게 젊은데요?"

—그가 카르마를 현금으로 구매했다는 이야기도 들어보지 못했는데, 그 엄청난 카르마 총량을 보유한 걸 보면 많은 시험을 클리어했다고밖에 생각할 수 없지 않소?

"그건 그렇겠네요."

—알려진 게 워낙에 없어 베일에 싸인 인물이오. 아레나에서도 그를 봤다는 시험자가 아무도 없으니. 메인스킬이 마법 계통일 거라는 추측 외엔 아무것도 할 수 없소. 하지만 그라면 누구보다도 시험의 최종 목적에 가까워졌겠지 싶소.

"그럼 일단은 믿을 만하다는 거죠?"

—그렇소. 만약에 대사제 둘이 죽는다면 내가 알아차릴 수 있을 거요. 현재 우리 노르딕 시험단의 멤버들이 아만 제국 왕실을 집중적으로 감시하고 있으니 이변이 생기면 금방 그 낌새를 포착할 수 있소.

"좋아요. 그럼 다음 시험에서 아만 제국 왕실의 동향을 감시해 주세요."

—알겠소. 아무튼 조간만 한국에서 뵙겠소.

"예."

통화를 마치고 나는 임철호 소장에게 연락해서 노르딕 시험단에 대해 알려주었다.

그들은 믿을 만한 우군이니 잘 협의하라고 언질을 해놓으니 알았다고 했다.

그로부터 얼마 후, 오딘을 비롯하여 노르딕 시험단 일행이 한국을 방문하였다.

한국아레나연구소를 방문한 그들은 임철호 소장과 협의를 하였다.

나도 차지혜와 함께 참석했는데, 오딘이 신기와 인공근육슈트 등을 보여주었을 때는 전자기기를 수납할 수 있는 가공간 스킬의 또 다른 효능을 임철호 소장에게 밝힐 수밖에 없었다.

유지수와 차진혁 등에게도 인공근육슈트와 교신기를 주어서 아레나에서 서로 협력하는 관계를 맺고 싶었기 때문에 결국 밝혀야 했다.

임철호 소장은 나를 빤히 보더니 한숨을 쉬며 말했다.

"이제 한배를 탄 사이인데, 이런 사실이 있거든 숨기지 마시고 알려주셨으면 합니다."

"네, 이제 딱히 숨기고 있는 스킬도 없어요."

나는 머리를 긁적이며 대꾸했다.

아무튼 노르딕 시험단과도 첫 협의는 긍정적으로 이루어졌다. 세부적인 요소의 협의는 한국아레나연구소에 맡기면 되겠지 싶었다.

오딘은 덴마크로 돌아가면서 마리도 강제로 데려갔다.

마리는 돌아가기 싫다고 버둥거렸지만 이내 오딘의 손아귀에 끌려가다시피 하며 한국을 떠났다.

아마도 차지혜와 나를 생각해 준 오딘의 배려이리라.

'휴우, 이제 좀 편히 쉴 수 있겠구나.'

복잡한 일들도 대충 일단락됐으니, 이제 남은 휴식 기간은 좀 즐기면서 보내야겠다는 생각이 들었다.

10장

독수리들의 성장

ARENA

─성명(Name): 김현호
─클래스(Class): 43
─카르마(Karma): +1,300
─시험(Mission): 다음 시험까지 휴식을 취하라.
─제한 시간(Time limit): 64일 10시간

아직도 다음 시험까지 2개월 이상 시간이 남았다.

차지혜와 데이트와 훈련을 하고, 종종 유지수 일행과 만나서 술자리도 가지며 시간을 보냈다.

유지수와 차진혁은 요즘 노르딕 시험단이 지원한 인공근육 슈트에 적응하는 훈련을 하고 있다고 했다.

하지만 아레나에서 인공근육슈트를 쓰려면 내 가공간 스킬이 필요하기 때문에, 다음 시험이 시작되면 나를 찾아오기로 했다.

아무튼 영국 TUK의 습격이나 맥런 연구소, 노르딕시험단과의 협상 외에는 딱히 특별한 사건이 없는 유유자적한 나날이었다.

이렇게 한가하게 살아도 되나 하는 불안감까지 느껴졌다. 시험자가 된 후로는 시간 낭비에 대해 매우 민감해진 탓이었다.

그런 내 마음을 알아챈 것일까.

차지혜가 한 가지 제안을 했다.

"사람이 없는 곳에서 남은 시간 동안 갈큇발 독수리들을 키우는 것이 어떻겠습니까?"

아직 성장기인 독수리들을 남은 2개월간 더 키우자는 제안이었다.

"그거 좋은 생각이네요. 근데 아무래도 사람들 눈을 피하기가 힘들잖아요. 저 큰 녀석들이 날아다니면 누군가의 눈에 띨 텐데……."

"무인도라면 괜찮을 겁니다."

그 말에 나는 정신이 번쩍 들었다.

그러고 보니 한국아레나연구소도 기밀 유지를 위해 무인도에 본부를 세웠지?

돈도 많은데 그런 외딴곳에 떨어져 있는 무인도를 하나 사보면 어떨까?

"섬 하나 살까요? 거기다가 집도 짓고 발전기도 설치하면 재미있을 것 같은데."

"가능한 이야기입니다. 임철호 소장에게 부탁해 보는 게 어떻겠습니까? 한국아레나연구소도 국영지인 무인도에 개발허가를 내서 설립했습니다."

"그럴게요."

말이 나온 김에 나는 임철호 소장에게 전화를 걸었다.

임철호 소장은 내 얘기를 듣더니 마침 잘됐다는 듯이 말했다.

─그렇지 않아도 김현호 씨가 가져오실 젖소를 키우기 위한 새로운 목장을 만들기 위해 충남 쪽에 무인도 몇 개를 구매하려 하고 있습니다.

"충남 쪽이요?"

─예, 무인도 4개가 모여 있는 군도가 있는데 그곳을 통째로 구입할 예정입니다. 진성그룹이 나서서 그곳을 개발 중인데, 개발비에 조금 보태주신다면 김현호 씨의 사유지를 마련해 드리겠습니다.

생각해 보니 좋은 생각이었다.

어차피 아레나에서 데려온 가축을 키우는 일에는 나도 관여를 아예 안 할 수는 없었다.

차라리 그곳에 내 사유지를 마련해서 목장에도 쉽게 출입할 수 있게 되면 여러모로 편리할 것 같았다.

"알겠습니다. 그럼 회장님께 말씀드리면 되는 거죠?"

—이정식 실장에게 말해도 충분합니다. 제가 먼저 언질을 해놓겠습니다.

"그렇게 해주세요."

그날 오후쯤에 이정식 실장에게 전화를 걸었더니, 좋은 대답을 들을 수 있었다.

—그렇게 해드리겠습니다.

"그럼 제가 얼마를 보태면……."

—굳이 그러실 필요 없습니다. 그 정도 편의는 얼마든지 봐드리라는 회장님의 지시가 있었으니까요.

"그래요? 감사하다고 전해주세요."

—알겠습니다.

"그런데 그 무인도 개발 진행 상태는 어떤가요?"

—빅 래트를 폐기하고 새로 목장을 축조하자는 이야기가 나온 지 얼마 되지 않아서 이제 준비 단계입니다. 컨테이너로 만든 임시 거주지와 해수 정화 장치를 막 설치했을 뿐입니다.

"제가 두 달 정도 거기서 지내도 괜찮겠죠?"

—물론입니다.

통화가 끝난 후, 이정식 실장은 지도 어플을 캡처한 이미지 파일을 보내주었다. 무인도의 위치가 표시된 이미지 파일이었다.

그나저나 오랜만에 돈 좀 팍팍 써볼까 했는데 한 푼 쓰지 않고 해결되어 버렸군. 조금은 허탈한데.

생각 난 김에 우리는 다음 날 바로 여행 준비를 했다.

텐트와 각종 취사도구와 식기, 그리고 무엇보다도 식량을 잔뜩 구입해서 가공간에 있는 대로 쑤셔 넣었다.

할인마트에서 야채와 정육 코너를 거의 싹쓸이 하다시피 했다. 둘이서 각자 카트 하나씩을 음식으로 꽉 채우자 매장 직원들이 아주 기겁을 하는 눈치였다.

다른 매장도 다니면서 식량을 닥치는 대로 구입했다.

내 가공간에 더 이상 들어가지 않을 정도로 꽉 채운 것은 물론이고, 차지혜의 아이템 백팩에도 채워 버렸다.

아마 바다에서는 갈큇발 독수리들이 사냥해서 먹을 게 없을 테니, 내가 계속 육지를 오가며 식량을 공급해야 할 듯했다.

어쨌든 그렇게 준비를 마치고서 그날 밤에 우리는 출발했다.

밤에 출발한 이유는 간단했다. 하늘을 날아서 가는데 사람들 눈에 띄면 안 되지 않은가.

실프의 힘으로 하늘을 날아오른 뒤, 높은 상공에서 갈큇발 독수리 첫째를 가공간에서 꺼내 함께 탔다.

덩치가 매우 커진 첫째는 둘이서 함께 타기에 충분했다.

차지혜는 앞에 탄 채 지도와 나침반을 확인하며 첫째를 조종했다.

나는 뒤에 탄 채로 그녀의 허리를 꽉 끌어안았다.

차지혜는 지도와 나침반을 보고 스마트폰 GPS까지 확인하며 길을 찾느라 바빴지만, 뒤에 탄 나는 할 일이 없었다.

"잘 가고 있는 거죠?"

"예, 잘 가고 있습니다."

"뭐 도와드릴 것 없어요?"

"없습니다."

"……."

"심심하십니까?"

"네……."

"조금만 참으십시오. 곧 도착합니다."

가차 없구나.

뭔가 놀아줘야겠다는 마인드가 머릿속에 조금도 없는 것 같다, 이 여자는.

아마도 이 여자는 워낙 오랫동안 혼자였던 까닭에 심심함에 대한 내성이 턱없이 강한 거겠지.

차지혜를 놀려주고 싶다는 생각이 무럭무럭 자랐다.

"심심한데 쓰담쓰담하면서 놀아도 돼요?"

"안 됩니다."

차지혜는 단호하게 거절했다. 하지만 허를 찔린 탓인지 목소리에 약간의 동요가 감지되었다.

"안 되는 게 어디 있어요? 할래요."

"안 된다고 했습니다."

"싫어요. 할래요."

"두 번 말하지 않겠습니다."

부끄러움도 이 정도면 예술이구나.

"부당해요."

"뭐가 부당합니까?"

"왜 제 걸 제 마음대로 쓰다듬을 수 없는 거예요?"

"제 머리의 소유권을 왜 현호 씨가 가지고 있다고 생각하십니까?"

"그럼 제 거 아니에요?"

"아닙니다."

"지혜 씨, 제가 마음에 안 들죠?"

"그렇게 말한 적은 없습니다만."

"제가 손대는 게 싫다는 뜻이잖아요. 이제 정이 식었구나."

잠시 후, 나는 차지혜의 머리를 쓰다듬으며 승리의 기쁨을 만끽할 수 있었다.

"거의 다 온 것 같습니다."

"벌써요?"

즐거운 입씨름을 하다 보니 시간이 금방 갔네.

"카사!"

―왕!

카사가 나타나 반갑게 짖었다.

"섬 네 개가 모여 있는 군도를 찾아봐."

―멍!

카사는 신나게 아래로 날아갔다.

어두운 밤이라 실프 대신 카사를 소환했는데, 온몸이 불덩이로 이루어진 카사는 주변에 밝은 빛을 뿌리고 있었다.

카사는 금방 군도를 발견했다. 카사가 발견한 섬의 모습이 내 머릿속에 전달되었다.

바로 사금도라 명명된 네 개의 섬이었다.

동사금도, 서사금도, 남사금도, 북사금도로 명명된 네 개의 섬이 한데 모여 있는 모습이 전달되었다.

내가 명령을 내리자 카사는 더욱 밝게 불타오르며 사금도의 풍경을 비췄다.

네 개의 섬 중 남사금도는 독도처럼 작은 바위섬이었고, 다른 세 개 섬은 꽤 규모가 크고 숲도 조성되어 있었다.

첫째는 카사가 멀리서 내고 있는 빛을 쫓아 하강했다.

우리는 서사금도의 들판에 착륙했다.

바위절벽 아래로 바다가 어둠 속에서 시커멓게 펼쳐진 장소였다.

일단 갈큇발 독수리들을 전부 꺼내놓자 녀석들은 갑자기 변한 환경에 당황한 눈치였다.

하지만 이내 안정을 되찾고는 사금도 주변을 날아다니며 정찰을 시작했다.

텐트를 꺼내 설치하고, 실프를 시켜서 나무 하나를 썩둑썩둑 썰어 장작으로 만든 뒤 모닥불을 피웠다.

차지혜는 아이템 백팩에서 생수와 냄비를 꺼내 끓이고는 라면 두 봉을 넣었다.

나란히 모닥불에 앉아 밤바다를 보며 라면을 먹으니, 이게 또 맛이 각별했다.

"와, 바다가 끝없이 펼쳐져 있는 걸 보니까 시원시원하네요."

"그렇습니다."

"저랑 이렇게 있으니까 좋죠?"

나는 다시 장난기가 발동해서 질문을 던졌다.

"예, 좋습니다."

"별로 안 좋아 보이네요."

"좋다고 말했잖습니까."

"말투가 별로 안 좋아 보여요. 실은 귀찮은데 저 때문에 억지로 온 거죠?"

"또 이러시는 겁니까?"

"저랑 있어서 좋다고 표현해 보세요."

"현호 씨와 있어서 좋습니다."

"좀 더 애교 있는 말투로요."

"또 이러시는 겁니까. 절 부끄럽게 만드는 걸 즐기시는 것 같습니다."

"흥, 저한테 애정 표현을 전혀 안 하잖아요. 실은 제가 싫은 거죠?"

"시, 싫지 않습니다."

내 짓궂은 추궁에 차지혜는 점점 당황했다. 아, 너무 재미있다.

내가 계속 뭐라고 말을 하려고 할 때였다.

차지혜는 갑자기 내 목을 잡아 끌어당기며 입을 맞췄다. 동체시력 마스터로 그녀의 행동을 미리 예측했지만 나는 순순히 키스에 응했다.

그녀는 나를 땅에 눕힌 뒤에 위에서 내리누르듯 키스를 계속했다.

입과 입으로 서로의 온기가 달콤하게 오갔다.

한참 후에야 차지혜는 입술을 뗐다.

"싫은 사람과 이런 일을 하지는 않습니다. 이제 됐습니까?"

"음, 아직 부족한데요."

나는 그녀를 끌어안고 다시 입을 맞췄다. 계속 키스를 나누며 우리는 자연스럽게 텐트 안으로 들어갔다.

주변을 비행하던 갈큇발 독수리 10마리가 돌아온 탓에 삐삐거리는 울음소리가 요란했지만, 우리 귀에는 들리지 않았다.

그렇게 무인도에서의 첫날이 흘러갔다.

*　　　*　　　*

다음 날부터 나는 이따금씩 육지로 날아가 갈큇발 독수리들에게 줄 고기를 닥치는 대로 구매해 조달했다.

가공간에 갈큇발 독수리 10마리 분의 여유 공간이 있었기 때문에 가공이 안 된 돼지고기와 소고기를 잔뜩 챙겨올 수 있었다.

내가 조달하는 고기를 열심히 먹으며 갈큇발 독수리들은 무럭무럭 성장했다.

덩치가 커질수록 먹는 양도 많아져서 이젠 아예 매일 육지로 다녀와야 할 판이었다.

하지만 곧 그럴 필요가 없어졌다.

어느 날, 매우 큰 배 한 척이 사금도에 나타났다.

나는 놀라서 독수리들을 불러 가공간에 숨겨놓았다. 그리고 실프를 소환해 정찰하게 했다.

배에서 일단의 무리가 내렸다.

사람들은 배 안에서 각종 건설 장비들을 내려놓기 시작했다.

'누구지? 진성그룹 쪽 사람들인가?'

그렇게 숨죽이고 지켜볼 때였다.

"무슨 일입니까?"

텐트에서 차지혜가 막 잠이 깬 부스스한 모습으로 나왔다. 옷도 제대로 입지 않은 속옷 차림이었다.

"사람들이 나타났는데 진성그룹 사람들인가 싶어서요."

"저 배는 연구소 소속입니다. 연구소 사람들입니다."

한국아레나연구소의 연구원이었던 차지혜는 한눈에 배를 알아보았다.

그녀는 편안한 트레이닝복을 입고 부스스한 머리를 대충 뒤로 묶어버렸다. 그런데도 예쁜 걸 보면 정말 타고난 미모였다.

"한번 이야기를 나눠보는 게 좋겠습니다. 잘하면 독수리들의 식량 조달을 부탁할 수 있을 겁니다."

"아, 그럼 좋겠네요. 매일 육지에 다녀온 것도 번거로웠는데."

우리는 섬에 도착한 사람들에게 다가가 대화를 나눠보았다.

차지혜의 예상대로 그들은 연구소에서 파견한 직원들이었다.

그들이 맡은 일은 사금도 경비.

사금도에 민간인이 접근하는 것을 차단하는 임무를 맡고 있었다.

내가 독수리들을 먹일 식량 조달을 부탁하자 그들은 상부에 연락을 해보더니 승낙했다. 연구소 소장인 임철호가 나에게 매우 협조적이니 당연한 일이었다.

연구소에서 파견한 직원들은 동사금도에서 작업을 했다.

경비원들은 모터보트를 타고 다니며 주변 정찰을 했고, 다른 직원들은 동사금도에 철조망을 설치했다.

철조망으로 빈틈없이 둘러 그 안에 아레나에서 데려온 젖소를 키울 계획 같았다.

배는 매일 섬을 드나들며 철조망 따위의 건설자재와 음식을 가져왔는데, 독수리들을 위한 먹이도 잔뜩 실어다 주었다.

이제는 배만 나타났다 하면 갈큇발 독수리들이 군침을 흘리며 주위를 맴돌 지경이었다.

그렇게 먹어대면서 갈큇발 독수리들은 하루가 다르게 성장했다.

원래부터 성체였던 두 쌍의 부모와 첫째, 둘째, 일곱째, 여덟째는 이미 일반 갈큇발 독수리의 3배가량 커져서 대형 괴물로 보일 지경이었다.

다른 새끼들 또한 부모만큼은 아니어도 일반 갈큇발 독수리의 2배 정도는 되어 보였다.

계속 내 성장촉진 스킬의 영향을 받고 있으니 부모를 따라잡는 것도 시간 문제였다.

"저 정도면 10마리서 힘 합쳐서 와이번도 사냥할 수 있을 것 같지 않아요?"

"와이번의 가죽을 뚫을 만한 공격 수단이 확보되지 않은 이상은 무리겠지요."

공격수단이라…….

하긴, 차지혜의 말에 옳았다. 와이번은 오러를 머금은 무기 수준의 공격력이 아니면 타격을 입힐 수 없으니까.

갈큇발 독수리들도 흉기나 다름없는 발톱과 힘이 있지만 와이번을 잡기에는 조금 부족한 감이 없지 않았다.

"가만, 혹시 독수리들을 위한 무기는 없을까요?"

"마갑(馬甲)처럼 동물에게 착용시키는 장비가 있기는 할 겁니다."

"말 나온 김에 한 번 찾아봐야겠네요."

마침 내게 1,300카르마가 있었는데 달리 쓸데도 없었으니 독수리들을 위한 장비나 찾아봐야겠다.

"석판 소환."

소환된 석판에 대고 말했다.

"내 독수리들이 쓸 수 있는 장비를 보여줘."

그러자 석판의 글씨가 꿈틀거리며 변했다. 두 개의 아이템들이 나열되었다.

—갈퀴발 독수리가 사용할 수 있는 아이템을 보여드립니다.

1. 강철 갈퀴: 조류 계열 애완동물의 발에 장착시킬 수 있는 무기입니다. 날카롭게 벼려진 강철 칼날을 발톱에 장착시킵니다. (—1㎜)
2. 동물용 강철 갑주: 각종 동물의 몸에 씌울 수 있는 갑주입니다. (—1㎜)

'으음.'

겨우 두 개라니. 그것도 그다지 마음에 들지는 않았다.

강철 갈퀴는 이미 발톱이 강철처럼 단단한 갈퀴발 독수리에게 그다지 쓸모가 없다.

동물용 강철 갑주는 방어력에 도움이 될 것 같기는 하나, 강철로 된 방어구를 몸에 씌운 만큼 비행 속도가 줄어들 가능성이 높았다.

"딱히 마음에 드는 게 없네요."

"무엇이 있습니까?"

"강철 갈퀴랑 동물용 강철 갑주? 그렇게 두 개뿐이네요."

"카르마로 구매할 수 있는 아이템은 아레나에 존재하는 물건뿐입니다. 산업화가 되지 않은 아레나에서 철제 무기는 매우 비싼 것인데 동물을 위해 제작하는 경우는 드문 게 당연합니다."

"그렇겠죠. 그래도 마법이 걸린 장비라도 있었으면 좋았을 텐데."

"차라리 아레나에서 따로 제작을 하시는 게 어떻습니까? 대장장이와 마법사를 시켜서 의뢰하시면 될 겁니다."

"아, 그렇겠네요."

아레나에서는 나도 백작의 작위와 영지를 받은 귀족이었다. 얼마든지 그런 의뢰를 할 수 있을 터였다.

"흐음, 그럼 따로 살 건 없는 건가."

조금 아쉽다는 생각이 들었다.

그런데 그때, 차지혜가 색다른 제안을 했다.

"스킬합성을 시도해 보시면 어떻겠습니까?"

"스킬합성이요?"

"동물을 위한 아이템을 합성 재료로 쓴다면 동물을 위한 스킬이 만들어지지 않겠습니까?"

"……어라? 정말 그렇겠네요."

내가 왜 그 생각을 못했지?

"강철 갈퀴를 구매한다."

나는 석판에 대고 말했다.

—강철 갈퀴를 습득했습니다. 애완동물 이름과 함께 '무장'이라고 말씀하시면 지정한 애완동물의 발톱에 무기가 장착됩니다. '무장해제'라고 말씀하시면 무기가 사라집니다.

—잔여 카르마: +1,2ㅁㅁ

"동물용 강철 갑주도 살게."

—동물용 강철 갑주를 습득했습니다. 애완동물 이름과 함께 '착용'이라고 말씀하시면 보유한 장비가 소환됩니다. '장비해제'라고 말씀하시면 장비가 사라집니다.

—잔여 카르마: +1,1ㅁㅁ

일단 하나씩 사봤다. 그런데 스킬합성에 쓰기 전에 한 번 독수리들에게 입혀보고 싶다는 생각이 들었다.

어떻게 생겼는지 궁금하거든.

"첫째, 이리 와봐!"

내가 부르자 첫째가 삐익— 소리를 내며 쏜살같이 달려왔다.

내가 뒷덜미를 슥슥 쓰다듬어 주자 첫째는 기분 좋은 기색이었다.

'자, 그럼 한번 무장시켜 볼까?'

"첫째 무장, 첫째 착용."

그러자 첫째의 양발에 흉악하게 기다란 칼날이 장착되었다. 뿐만 아니라 몸통에 조그만 강철 조각들이 비늘처럼 엮인 갑주가 입혀졌다.

"우와……."

나는 무기와 방어구를 입은 첫째의 모습에 감탄을 했다.

저 엄청난 덩치의 첫째가 강철로 온몸을 두르니, 신화에 나올 법한 환수와도 같은 위엄이 느껴졌다.

첫째는 약간 불편해했지만 곧 익숙해졌는지 발과 몸에 장착된 병기를 아무렇지 않게 여겼다.

"멋집니다."

차지혜가 오랜만에 멍하니 감탄한 모습으로 위풍당당한 첫째를 바라보았다.

저렇게 감탄한 그녀의 모습은 예전에 실프가 모신나강을 쏠 때 이후로 처음이었다.

차지혜는 첫째의 몸에 둘러진 갑주의 등 부위를 쓰다듬으며 말했다.

"등에 좌석이 달려 있으면 더 좋을 것 같습니다."

"아, 그렇네요. 손잡이도 있고 하면 조종하기도 편하겠어요."

"그것도 좋은 생각입니다."

"아레나에 가면 대장장이를 수소문해서 제작해야겠어요."

또 마법사도 수소문해서 경량화나 강도 강화 같은 마법을 걸어주면 더 좋겠지.

"대신 아이템이 아니므로 일일이 가공간에서 꺼내 한 마리 한 마리 입혀야 할 겁니다."

"제작을 시킨 뒤에 카르마를 써서 아이템화를 하든지 해야겠어요. 물론 카르마의 여유가 될 때의 얘기지만요."

"일단 지금은 스킬합성부터 하십시오."

"아, 그렇죠."

나는 첫째가 입고 있는 강철 갈퀴와 동물용 강철 갑주를 해제시켰다.

"스킬합성."

─합성에 사용할 스킬이나 아이템을 선택하십시오.

1. 합성 가능한 스킬: 정령술(실프), 정령술(카사), 체력보정, 길잡이, 순간이동, 시력보정, 동물 조련.

2. 합성 가능한 아이템: AW5MF, 닐슨 H2(2정), 357매그넘탄(4발), 닐슨 RB, 강철 갈퀴, 동물용 강철 갑주.

＊합성에 사용한 아이템은 소멸됩니다.

"실프랑 갈철 갈퀴를 합성한다."

─정령술(실프)와 강철 갈퀴를 합성합니다.

─합성 성공. 갈퀴바람(합성스킬)을 습득했습니다.

─강철 갈퀴가 소멸됩니다.

─갈퀴바람(합성스킬): 발톱으로 날카로운 바람을 일으켜 적을 공격합니다. 동물 조련(보조스킬)으로 복종시킨 조류 애완동물에게만 적용됩니다.

＊초급 1레벨: 쿨타임 6분

"오오!"

"뭔가가 나왔습니까?"

"네! 아주 좋은 스킬이 나왔어요!"

나는 새로 생긴 스킬 갈퀴바람에 대해 설명해 주었다.

"쿨타임 60분이면 한 시간에 한 번씩밖에 사용 못하는군요. 위력이 어느 정도인지 궁금합니다."

"쿨타임과 위력은 레벨을 올릴수록 좋아지겠죠. 일단은 계속 합성을 시도해 볼게요."

나는 일단 100카르마로 강철 갈퀴를 한 개 더 구매했다.

그리고 스킬합성을 다시 시도했다.

"카사랑 강철 갈퀴를 합성하겠어."

―정령술(카사)와 강철 갈퀴를 합성합니다.

―합성 실패.

아쉽게도 이번에는 실패였다.

조류라서 그런지 바람의 정령 실프와는 상성이 맞는데 불의 정령 카사와는 맞지 않나 보군.

계속해서 다른 스킬과도 합성을 시도해 보았다.

길잡이, 순간이동, 시력보정, 동물 조련 등의 보조스킬과는 합성에서 실패했다. 하지만 체력보정과 합성하자 새로운 스킬이 또다시 만들어졌다.

─합성 성공. 발톱강화(합성스킬)를 습득했습니다.

─강철 갈퀴가 소멸됩니다.

─발톱강화(합성스킬): 발톱이 강화되어 단단하고 예리해집니다.
동물 조련(보조스킬)으로 복종시킨 애완동물에게만 적용됩니다.

＊초급 1레벨: 발톱이 강철처럼 단단해집니다.

'좋아!'

나는 주먹을 불끈 쥐고 환호했다.

이어서 동물용 강철 갑주도 합성 재료로 써먹어 보았다.

─정령술(실프)와 동물용 강철 갑주를 합성합니다.

─합성 실패.

─정령술(카샤)와 동물용 강철 갑주를 합성합니다.

─합성 실패.

연이어서 체력보정, 길잡이, 순간이동, 시력보정, 동물 조련
과도 합성에서 전부 실패했다.

하는 수 없이 동물용 강철 갑주는 카르마로 환불해 버렸다.

남은 카르마는 1,000.

'그러고 보니 이제 AW50F는 쓸모가 없잖아? 이것도 카르마
로 환불받아야겠다.'

나는 AW50F를 카르마로 환불받았다.

AW50F를 아이템화시킬 때 들었던 카르마는 3,300. 환불받자 그 절반인 1,650카르마가 내게 돌아왔다.

합쳐서 2,650카르마!

일단은 이걸로 오늘 얻은 두 스킬의 레벨을 올려야 할 듯했다.

고심 끝에 나는 발톱강화를 중급 1레벨까지 올렸다.

―1,400카르마로 발톱강화(합성스킬)를 중급 1레벨까지 올립니다.

―발톱강화(합성스킬): 발톱이 강화되어 단단하고 예리해집니다. 동물 조련(보조스킬)으로 복종시킨 애완동물에게만 적용됩니다.

*중급 1레벨: 발톱이 다이아몬드처럼 단단해집니다.

―잔여 카르마: +1,250

'헐.'

초급에서 중급으로 업그레이드되자 강철에서 다이아몬드로 설명이 바뀌었다.

내가 보유한 갈퀴발 독수리 10마리가 모두 다이아몬드처럼 단단한 발톱을 갖게 된 것이었다.

"남은 카르마를 갈퀴바람의 레벨을 올리는 데 투자하겠다."

석판에 대고 말하자 또다시 석판에서 번쩍 빛이 났다.

―1ㅁㅁㅁ카르마로 갈퀴바람(합성스킬)을 초급 5레벨까지 올립니다.

―갈퀴바람(합성스킬): 발톱으로 날카로운 바람을 일으켜 적을 공격합니다. 동물 조련(보조스킬)으로 복종시킨 조류 애완동물에게만 적용됩니다.

＊초급 5레벨: 쿨타임 1분

―잔여 카르마: +25ㅁ

쿨타임이 60분에서 1분으로 단축되었다.

1분마다 한 번씩 사용할 수 있게 되었으니 스킬의 위력이 몇 배나 업그레이드된 셈이었다.

카르마를 알뜰하게 잘 쓴 것 같아 마음이 뿌듯했다.

나의 독수리 10마리가 다이아몬드 같은 발톱을 갖게 되었고, 원거리 공격까지 할 수 있게 되었다.

이 정도면 탈것 정도로 끝나는 게 아니라 엄청난 전력이었다.

앞으로도 발톱강화와 갈퀴바람 두 스킬을 마스터해 버리면 웬만한 시험자와 싸워도 지지 않을지도 몰랐다.

'동물 조련을 마스터하면서 2마리를 더 복종시킬 수 있는데, 이번에는 좀 더 강한 맹수를 길들여 볼까?'

갈퀴바람은 조류 애완동물에게만 적용되는 스킬이다.

하지만 발톱강화는 아니었다. 내게 복종된 동물이면 어떤 종류든 상관없이 적용된다.

호랑이나 늑대 같은 동물도 상관없는 것이었다.

나는 차지혜에게 물어보았다.

"어떤 동물 좋아하세요?"

"고양이를 좋아합니다."

"흐음, 고양이라……. 복종시켜서 쓸 만한 고양이가 있을지 모르겠네."

"그 이야기였습니까? 그럼 고양이보다 더 전투에 도움 되는 맹수를……."

"아뇨, 지혜 씨가 고양이를 좋아한다니 고양이를 복종시켜야죠."

"아니, 그러니 제 말은……."

"지혜 씨를 위해서 반드시 고양이로 고를게요."

"좋아하는 걸 물었지 그런 쪽으로 물은 게 아니……."

"무조건 고양이예요."

나는 단호하게 말하고는 당황한 차지혜를 보며 즐거움을 느꼈다. 내가 요즘 이 맛에 살지.

11장

영지

갈큇발 독수리들은 처음에는 자신들의 변화에 신기해했다.

다이아몬드처럼 단단해진 발톱으로 바위도 부수며 실험을
했다.

나는 독수리들에게 명령을 내려 갈퀴바람을 이용한 전술훈
련을 시켰다.

전술이라고 해봐야 간단한 수준이었다.

원을 그리며 선회하며 한 마리씩 타깃을 향해 갈퀴바람을
날리는 것.

퍼퍼퍼퍼퍼펑—!

초급 5레벨의 갈퀴바람은 바위를 부술 정도의 위력까지는
아니었다.

하지만 10마리가 번갈아가며 펼치자 큰 바위가 버티지 못하고 부서져 버렸다.

쿨타임은 1분.

10마리가 1마리씩 번갈아가며 시도하면 다시 자기 차례가 되었을 때 쿨타임이 지난다.

그러면 타깃이 완전히 부서질 때까지 무한정 반복할 수 있게 된다.

물론 이는 타깃이 하나일 때 시도하는 전술이었다.

'적이 다수일 때는 그냥 10마리가 한꺼번에 펼치는 게 좋지.'

단번에 다수를 죽여야 적 무리가 대열이 흐트러지면서 정신적으로도 타격을 받을 테니 말이다.

그래서 다수를 적으로 상정한 전술훈련도 따로 시켰다.

쐐기꼴 대형을 한 갈큇발 독수리들이 일제히 갈퀴바람을 날린다.

퍼퍼퍼퍼퍼펑—!

열 가닥의 칼바람이 대지를 헤집어놓았다.

이어서 갈큇발 독수리들은 그대로 돌진하여서 두 발을 뻗어 적을 각각 한두 마리씩 짚어 올린다.

원거리 공격 후 곧바로 근거리 공격으로 이어지는 패턴이었다.

레드 에이프나 라이칸스로프처럼 그리 세지 않은 무리는 이 전술 공격만으로도 30여 마리 이상은 사살할 수 있었다.

'어라?

문득 좋은 아이디어가 떠올랐다.

내가 시험을 치르는 동안 갈큇발 독수리들은 사냥을 다니게 하면 어떨까?

100카르마짜리 아이템백 하나를 목에 걸어줘서 마정을 모으게 하면?

손쉽게 사냥할 수 있는 괴물을 잡아다가 마정을 모으게 한다면 돈벌이가 쏠쏠할 터였다.

아니, 사실 돈벌이는 별로 문제가 아니다. 수천억이 있는 내가 이제 와서 마정 사냥이나 하겠는가?

다만 이곳 현실세계에서는 각국의 기관이 마정을 확보하려고 안간 힘을 쓰는 상황이었다.

한국아레나연구소도 아레나의 동물을 목축해서 마정을 대량으로 얻으려면 많은 시일이 필요했다.

목축이 본궤도에 오를 때까지는 이런 식으로라도 많은 마정을 공급해 주는 것도 좋겠지 싶었다. 물론 정당한 가격을 받고 팔아야지.

독수리들은 이동속도도 매우 빠르고 시력도 좋아 괴물들을 더 잘 찾아내니, 단순한 마정 사냥이라면 시험자보다도 훨씬 효율이 좋았다.

그러다가 내가 갈큇발 독수리들의 도움이 필요해지면 바로 이 스킬이 있다.

—콜(합성스킬): 동물을 곁으로 소환됩니다. 동물이 어디에 있든 소환 가능합니다.

＊조건: 동물이 사용자를 주인으로 인식해야 합니다.

어디에 있든지 내 옆으로 부를 수 있는 스킬!

마정을 모으게 하다가 필요해지면 이 콜 스킬로 부르면 그만이었다.

나는 이 아이디어를 차지혜에게 들려주었다.

이제 우리는 부부 같은 사이가 되어서 무슨 일이 생기면 서로 상의를 하게 되었다.

물론 주로 내가 차지혜의 의견을 구하지만. 그녀는 똑똑해서 늘 현명한 답을 주니까 말이다.

"좋은 생각입니다."

차지혜는 고개를 끄덕이며 내 말에 찬성해 주었다.

"특히 독수리들에게 아이템백을 하나 준 게 좋습니다."

"그래요?"

"사냥해서 얻은 마정을 보관하는 용도뿐만이 아니라 다양하게 응용을 할 수 있습니다. 멀리 있는 사람과 물건을 주고받을 때 유용하고, 크게 본다면 전쟁이 벌어졌을 시에도 아주 빠르고 안전한 보급로가 생긴 셈이니까요."

"아……!"

역시 차지혜!

그녀는 내가 생각 못했던 아이디어까지 내놓는다.

차지혜의 의견대로였다.

난 전쟁에 대해 잘 알지는 못하지만 군대에게 가장 중요한 건 바로 보급선이라고 들었다.

군량과 물자를 꾸준히 공급받아야 하므로 군대는 무리한 진군을 하지 못한다.

나폴레옹이 러시아를 정복하지 못했던 것도 보급 문제였고, 반면에 칭기즈칸 시절 몽골군대는 휴대식량을 들고 다니며 보급 없이 몇 달간 싸울 수 있었기에 성공했다고 들었다.

그런데 갈큇발 독수리들을 보급에 사용한다면 군대가 오지에 처박혀 있어도 빠르게 보급을 받을 수 있다.

하늘을 빠르게 나는 독수리들이 아이템백에 식량을 한가득 넣어 가져올 수 있으니까.

아이템 백팩을 주면 더 많이 가져올 수 있겠지.

중간에 내가 콜로 부르면 더 빨리 돌아올 수도 있으니 더 빨라지겠군.

이건 뭐 오토바이 퀵 서비스보다 더 신속하겠군.

만약에 아만 제국과 끝내 전쟁까지 벌어진다면 이점을 이용해서 많은 활약을 할 수 있을 거라는 생각이 들었다.

"보급 부대가 따로 필요 없으니 병력을 전부 온전히 전투요원으로 투입할 수 있겠습니다."

"그렇죠?"

"아레나는 교통수단이 현실세계처럼 좋지 못합니다. 군대 병력의 3분의 2 이상은 보급부대로 편성해야 제대로 운영이

가능해지지요. 보급부대를 따로 편성할 필요가 없어지면 병력이 3배로 늘어난 것이나 다름없습니다."

그녀의 말에 나는 더욱 확신이 들었다.

내게 남겨진 카르마는 250뿐이었다.

일단은 100카르마짜리 아이템백 2개를 구매했다.

아레나로 가면 독수리들에게 이걸 줘서 마정을 보관하거나 배달을 시킬 생각이었다.

여차하면 차지혜가 가지고 있는 아이템 백팩도 있고.

'갈큇발 독수리들을 이용한 배달 방식도 생각해 보자.'

나는 곰곰이 구상해 보았다.

예를 들어 울펜부르크 백작가에 있는 오딘에게서 물건을 받아오는 일을 시켰다고 쳐보자.

일단 독수리를 보낸다.

그리고 독수리가 도착해서 오딘에게서 물건을 받으면 난 콜 스킬로 독수리로 불러들인다.

배달 완료.

독수리가 도착해서 물건을 받았는지는 교신기로 오딘과 연락하면 알 수 있다.

하지만 상대가 교신기가 없다면 어떨까?

그럼 내가 콜 스킬을 쓰지 못한다. 괜히 콜 스킬로 불렀다가 아직 물건도 못 받았으면 다시 처음부터 독수리를 보내야 한다.

그걸 방지하기 위해 그럴 때는 독수리 2마리를 보내기로 했다.

이제 됐겠지, 싶을 때 그중 한 마리를 콜 스킬로 불러들이는 것이다.

소환된 독수리에게 물어봐서 물건을 받았으면 다른 독수리도 마저 콜.

역시 배달 완료.

심지어는 어디에 있는지 알 수 없는 사람에게도 독수리를 보내는 게 가능했다.

바로 이 스킬이 있기 때문이었다.

─동물추적(합성스킬): 동물에게 추적을 명령할 수 있습니다. 냄새를 인식하면 타깃이 어디에 있든 추적이 가능합니다.

*조건: 동물이 사용자를 주인으로 인식해야 합니다.

찾아가야 하는 대상의 소지품 따위에서 냄새만 인식시킬 수 있다면 독수리들을 보내서 찾아가게 할 수가 있었다.

"어라? 생각해 보니 유지수와 차진혁을 그냥 독수리 보내서 데려오면 되겠어요."

"어디에 있는지 정확하게 알 수 없는데 그게 가능합니까?"

"동물추적 스킬이 있어요."

동물추적 스킬에 대해 설명해 주자 차지혜가 말했다.

"그렇다면 시험 전에 두 사람을 만나서 이야기를 나눠보십시오."

"그래요."

그렇게 우리는 사금도에서 즐거운 시간을 보내다가 시험을 일주일 앞두고서 부천으로 돌아왔다.

그리고 유지수와 차진혁에게 연락을 넣었다.

마침 두 사람은 부천에서 지내고 있었다고 한다.

또 TUK의 습격을 받을까 봐 부천에 있는 호텔에서 지냈다는 것이었다. 여차하면 내게 전화해 도움을 요청할 수 있는 거리였다.

때문에 내가 보자고 하자 바로 집으로 가겠다고 했다.

두 사람이 오는 것을 대비해서 차지혜가 자연스럽게 요리를 준비했다. 마침 닭을 몇 마리 사놨다면서 삼계탕을 하는데 얼마 되지 않아 맛있는 냄새가 폴폴 풍겼다.

다들 아무리 먹어도 살이 찌지 않는 시험자(체력보정)였으므로 양은 넉넉하게 준비하는 듯했다.

'생각해 보니 난 참 나쁜 남편이네.'

집에 있을 때 나는 가끔 하는 대련만 아니면 늘 소파에 누워 뒹굴거나 차지혜에게 가서 치근(?)거릴 뿐이었다.

한 번도 집안일을 도와준 적이 없었던 것 같다.

물론 청소는 내가 했지만 그마저도 실프에게 한마디 해서 먼지를 모아 버렸을 뿐이었다.

그럼에도 차지혜는 잔소리 하나 없이 요리도 빨래도 전부 해줬으니!

난 문득 미안한 생각이 들어서 차지혜가 있는 부엌에 쪼르르 달려갔다.

"제가 뭐 도와드릴 게 있나요?"

"없습니다."

"도와주고 싶어요."

"필요 없습니다."

단호한 말투.

근데 냉담한 태도가 아니라 원래 저런 말투라는 점이 신기한 여자였다.

"제발 돕게 해주세요."

나는 비굴하게 부탁해 보았다.

차지혜는 의아한 눈으로 나를 보더니 식탁 의자를 가리켰다.

"그럼 여기 앉아 보십시오."

"네."

나는 냉큼 식탁 의자에 앉았다.

"방해하지 말고 거기 가만히 계시면 됩니다."

그러고는 계속해서 요리를 하는 차지혜였다.

"……"

"……"

나는 계속 불만스러운 눈으로 차지혜의 뒤통수를 노려보았다.

내 시선을 느꼈는지 차지혜가 돌아보았다.

"뭐 문제라도?"

"왜 제 도움을 무시하세요?"

"남자가 부엌에 드나드는 것 아닙니다."

헐, 우리 엄마한테서도 듣지 못한 말이었다.

"제 동선에 방해되니 그냥 TV 보며 노십시오."

"그럼 빨래할까요?"

"이미 했습니다."

"그럼 어깨 주물러드려요?"

"……왜 굳이 도우려고 하십니까?"

"혼자 고생하는 것 같아서 미안해서요. 제가 나쁜 남편 같잖아요."

그러자 차지혜의 입가에 살짝 미소가 보일락 말락 했다. 오랫동안 함께 곁에서 지켜본 나는 알아볼 수 있었다.

"돈 많고, 능력 있고, 외박도 안 하고, 말썽 안 피우고, 청소도 하는 남편의 어디가 나쁩니까?"

"음? 그런가."

듣고 보니 그러네.

"듣고 보니 저 정말 끝내주는 남편이었네요."

"예, 나쁘지 않으니 가서 TV나 보며 노십시오."

"네."

시키는 대로 나는 거실로 갔다. 말도 잘 듣네. 난 역시 좋은 남편이야.

그런데 가다 말고 나는 뒤돌아서 차지혜에게 말했다.

"근데 방금 저더러 남편이라고 한 거 맞죠?"

"아닙니다."

"에이, 맞잖아요. 좋은 남편이라면서요."

"아닙니다."

"맞는데 거짓말하시네. 실프, 내 말이 맞지?"

―냥!

소환된 실프는 고개를 끄덕였다.

"거봐요, 맞대잖아요."

"착각입니다."

나는 다시 부엌으로 달려가 차지혜에게 치근대기 시작했다. 음, 역시 아주 좋은 남편은 아닌 것 같기도 하고.

그날 저녁에 유지수와 차진혁이 놀러왔다.

두 사람은 우리 집에 들어온 뒤에야 안심했다는 듯 긴장을 푸는 눈치였다.

"뭐, 전쟁 하다 오셨어요?"

내가 물었다.

차진혁이 인상을 썼다.

"어딜 가도 방심할 수 없으니까. 어쩔 수 없지."

"에휴, 우리 오늘 여기서 자고 가도 돼? 지혜 언니, 둘이 신혼인 건 알지만 하루만 부탁해요."

"신혼 아닙니다."

"에이, 하는 꼴이 딱 신혼인데요 뭐. 아무튼 허락해 줘요, 네?"

"신혼 아닙니다. 그리고 허락하겠습니다."

"깔깔, 거봐요. 현호 집인데 자기 집인 것처럼 허락했잖아."

그 말에 차지혜도 당했다는 듯 흠칫하는 기색이었다.

"실은 아까 무슨 일이 있었냐면 말이죠."

내가 또 아까 전의 일을 갖고 놀리려 하자 차지혜의 얼굴에 붉은 기색이 감돌았다. 놀리려다가 그냥 관뒀다.

"아무튼 며칠만 신세 질게요."

이봐. 아까는 하루만이라면서? 신혼집에서 이 무슨 짓이야?

보조스킬 체력보정을 기본적으로 익히고 있는 우리 4인은 넉넉하게 준비된 삼계탕을 순식간에 동내 버렸다.

육체의 성능이 좋은 만큼 들어가는 연료량도 많거든.

단 걸 좋아하는 차지혜는 디저트로 딸기 타르트까지 해주며 요리 솜씨를 뽐냈고 유지수는 눈이 뒤집혔다.

"우, 우와! 이거 핸드메이드야?"

"그렇습니다."

"잘 먹을게! 여기 머무는 동안 입이 심심할 일은 없겠어."

여기 머무는 동안?

뉘앙스로 보아 이 양반들, 하루만 있다가 갈 기색이 전혀 아니었다.

아무튼 그렇게 식사를 마치고 나는 본론을 꺼냈다.

"독수리를 시켜서 우리를 데리러 올 수 있다고?"

"예, 아마도 현재 아레나에서 두 분은 궁지에 몰려 있을 거라고 생각되는데 맞죠?"

"그렇지."

"거기서는 거의 현상수배범처럼 쫓기고 있지."

"그럼 일단 다음 시험이 시작되면 제가 두 분께 독수리를 보내드릴게요. 그걸 타고 저희가 있는 곳으로 피신하세요. 그 뒤에 몸도 추스르고 재정비도 한 뒤에 다시 시험에 도전하시는 거죠."

"좋은 생각인데. 우리도 아레나에서는 쫓기는 처지라 달리 선택의 여지가 없고."

차진혁은 내 말에 찬성했다.

그러나 유지수는 아직 판단이 안 섰는지 내게 질문을 했다.

"네가 키운다는 그 독수리들이 우리가 있는 장소로 정확하게 찾아올 수 있을까?"

나는 자신만만하게 웃으며 답했다.

"네, 헤매지도 않고 아주 정확하게 찾아갈 수 있죠."

"어떻게 그게 가능한 거야?"

"동물추적이라는 스킬이 있어요. 냄새만 인식하면 냄새의 주인이 어디에 있든 추적할 수 있죠."

"냄새?"

"예, 두 분이 갖고 계시는 소지품을 아무거나 하나씩 주세요. 그걸로 냄새를 인식시키면 돼요."

"소지품······?"

문득 유지수의 얼굴이 심각해졌다.

차진혁도 표정이 멍해지기는 마찬가지였다.

두 사람은 가만히 서로를 보더니, 이윽고 누가 먼저라 할 것

없이 날 붙잡고 소리쳤다.

"네 도움이 필요해!"

"우리 시험 좀 도와줘!"

"무, 무슨 일이신데요?"

"우리 시험이 뭔지는 알지?"

"무슨 집정관의 뒤를 캐는 거 아니었던가요?"

"루마드 집정관의 배후를 조사하는 시험이야."

유지수가 말을 이었다.

"조사는 실패했지만 한 가지 손에 넣은 물건은 있어."

유지수가 손가락을 딱딱 튕겨대자, 차진혁은 인상을 찌푸리고는 아이템 백팩을 소환해 그 안에서 한 물건을 꺼냈다.

그것은 가죽 표지로 고급스럽게 장정(裝幀)된 책이었다.

국어사전 정도로 두꺼운 책이었다.

나는 그것을 받아 들고 책을 펼쳐보았다.

"음?"

나는 깜짝 놀랐다.

책 안에 직사각형으로 빈 공간이 뚫려 있었던 것이다. 하지만 그 책 내부의 빈공간은 말 그대로 텅 비어 있었다.

유지수는 한숨을 쉬며 어깨를 으쓱했다.

"루마드 집정관의 관저에 침투해서 그걸 빼왔는데 보다시피 이미 내부는 텅 비어 있었어."

"뭐가 들어 있었는지는 짐작하세요?"

"밀서일 거야. 누구와 주고받은 밀서인지는 모르겠어."

"아만 제국 왕실이 아닐까요? 술탄이 흑마법사 무리들과 밀접한 연관이 있을 것으로 추측되는데."

"술탄씩이나 돼서 집정관과 남몰래 밀서를 주고받을 필요가 있을까?"

유지수의 말에 나는 아 하고 수긍했다.

술탄은 집정관을 임명하는 사람이다. 임기가 끝나기 전에도 마음대로 갈아치울 수 있는 권력자였다.

그런 술탄이라면 용건이 있을 땐 그냥 불러서 얘기하지 밀서를 전달하지는 않을 터였다.

"그 책을 누구와 주고받았는지를 알아야 해."

"동물추적 스킬로 이 책에 배인 냄새의 주인을 추적하면 되겠네요?"

"바로 그거야. 그렇게 은밀하고 중요한 책이 많은 사람의 손을 타지는 않았을 거야."

"그 정도면 어렵지 않네요. 도와드릴게요."

"고마워! 이제 살았다!"

유지수는 두 팔을 번쩍 들며 기뻐했다. 차진혁도 다소 한숨 돌린 눈치였다.

"그럼 일단은 독수리를 보낼 테니 그걸 타고 저희 쪽으로 오세요. 인공근육슈트랑 교신기를 받으시고, 저희랑 좀 있다가 같이 시험을 클리어하죠."

"알았어. 우리도 힘닿는 대로 그쪽 시험을 도와줄게."

"부탁드릴게요."

그렇게 유지수 팀과는 협의가 되었다. 그들은 함께 내 집에 머물면서 대련도 하고 아레나의 정보도 주고받으며 지냈다.

그리고 시험이 다가왔다.

＊　　＊　　＊

시험이 가까워지자 우리는 한국아레나연구소로 갔다.

한국아레나연구소는 노르딕 시험단으로부터 공급받은 인공근육슈트와 교신기를 나에게 잔뜩 주었다.

시험자들에게 나눠줄 것들이었다.

나는 그걸 전부 가공간에 보관하였다.

"맥런 회장으로부터 연락이 왔습니다."

시험에 임하기 한 시간 전, 임철호 소장이 찾아와 내게 말했다.

"뭐래요?"

"갈기털 개를 한 쌍 구해달라더군요."

"갈기털 개요?"

"예, 말 같은 긴 갈기털을 가진 개인데, 새끼를 많이 낳습니다. 아무래도 맥런 가문은 빠른 번식을 통한 마정 확보에 초점을 둔 듯합니다."

"우리와는 다르네요."

우리는 아레나의 젖소를 한 쌍 데려오기로 했다.

마정도 얻고, 우유도 얻고, 고기도 얻고, 가죽도 얻을 수 있으니까.

무엇보다 척 보기에는 현실세계의 젖소와 비슷하게 생겨서 한눈에 구별하기 힘들다는 장점이 있었다.

노르딕 시험단도 우리처럼 젖소를 요구했고 말이다.

아무튼, 뭐 요구한 대로 들어줄 생각이었다. 약속은 약속이니까.

물론 맥런 가문이 먼저 약속을 지켰는지 확인하고 나서였다.

데이나 리트린.

공식 랭킹 세계 1위의 시험자인 그는 과연 2명이나 되는 대사제를 처치할 수 있을까?

그 호언장담이 사실이라면 어쩌면 시험의 최종 목적을 이루는 주인공은 그가 될지도 모르는 일이었다.

아무튼 모든 준비가 끝나자 시험은 불과 30분을 앞두게 되었다.

"부디 무사히 귀환하시길 빌겠습니다."

임철호 소장의 말에 나는 고개를 끄덕였다.

"걱정 마세요. 살아 돌아오는 건 문제가 아니에요."

그와 작별하고서 나는 배정된 방으로 들어갔다. 고시원보다 조금 넓은 방에 침대와 작은 탁자가 있었다.

문을 잠그고서 나는 침대에 누웠다.

"석판 소환."

—성명(Name): 김현호
—클래스(Class): 43
—카르마(Karma): +50
—시험(Mission): 다음 시험까지 휴식을 취하라.
—제한 시간(Time limit): 26분 42초

100카르마짜리 아이템백 두 개를 구매하고서 50카르마만
남아 있었다.

이번 시험도 클리어하면 최소한 5천에서 많게는 2만 정도를
획득할 수 있으리라 싶었다.

타락한 시험자의 습격이라도 받으면 좋겠군.

그럼 처치해 버리고 카르마를 대량으로 얻을 수 있을 텐데.

이제 내가 랭킹 7위의 강자임을 다들 알고 있을 테니 쉬이
덤비지 못할 것이다. 참 아쉬운 일이었다.

제한 시간이 조금씩 줄어들었다. 그리고 마침내 10초가 되
어 카운트다운을 시작하였다.

이제 익숙해서 별로 초조하지 않았다.

0초가 되자 스르륵 내 눈이 감겼다.

*   *   *

"기상!"

땅— 땅— 땅—!

시끄러운 꽹과리 소리에 나는 벌떡 일어났다.

차지혜도 마찬가지였다.

어디서 구했는지 꽹과리를 들고 있는 아기 천사는 우리를 보며 히죽 재수 없게 웃었다.

"휴식 시간은 즐겁게 보내셨나요?"

"덕분에."

"알긴 아네요."

"뭘 알아, 이 자식아."

"에이, 너무 그러지 마세요. 이제 이렇게 볼 수 있는 날도 얼마 남지 않았는데요."

"……무슨 뜻이야?"

아기 천사는 웃으며 말했다.

"뭘 물으세요. 머리 팽팽 돌아가는 소리가 다 들리는데."

시험의 최종 목적 달성이 머지않았다. 아기 천사는 그걸 암시하고 있는 것이었다.

"꼭 나일 필요는 없는 거지?"

내가 물었다.

많은 단어가 생략된 질문이었지만 아기 천사는 곧장 알아들었다.

"아니요."

"……?!"

"시험자 김현호예요."

"나라고?"

"예, 당신에게 달렸어요. 모든 걸 결정짓는 선택은 다른 사람이 갖고 있지 않아요."

"왜 하필 나야?"

"하필 당신이었을 뿐이에요."

"뭐?!"

"오랫동안 시험은 지속되어 왔어요. 하지만 대부분의 시험자는 최종 목적을 코앞에 두고서 죽거나 타락했죠."

"……."

"그래서 율법은 이제 이 시험이라는 것 자체를 끝내려 하고 있어요. 그럼 언제 끝내야 할까요? 그게 바로 당신이에요, 시험자 김현호."

"나?"

"예, 마지막으로 딱 당신까지만 지켜보기로 했어요. 당신은 과연 시험을 끝까지 클리어할 수 있을까요? 아니면 죽거나 포기하고 타락해 버릴까요? 그건 시험자 김현호에게 달린 일이죠."

"내가 시험을 전부 다 클리어하면 어떻게 되는 거야?"

"시험은 사라지고 모든 시험자는 시험의 굴레에서 해방되죠. 물론 보상도 주어질 거고요. 더 자세한 이야기는 그때가 되면 알 수 있을 거예요."

"내가 실패하면……?"

나는 떨리는 목소리로 물었다.

그동안 가르쳐 주지 않았던 시험의 비밀이 지금 조금씩 드러나려 하고 있었기 때문이다.

아기 천사가 말했다.

"그럼 시험자로 선택받은 인간은 시험을 끝까지 완수할 의지가 없는 것으로 간주할 거예요. 마정을 계속 얻을 수 있기를 원하고, 아레나와 단절되지 않기를 원하는 것으로 판단할 거예요. 그리고……."

아기 천사의 웃음이 왠지 으스스하게 느껴졌다.

"원하는 대로 해줄 거예요. 아레나와 단절되지 않게, 계속 마정을 손에 넣을 수 있게 말이죠."

"그, 그게 무슨 뜻이야?"

"그때가 되면 알 수 있을 거예요."

"나쁜 의미지? 그건 좋지 않은 결말인 거지?"

내가 재차 물었다.

아기 천사가 고개를 저었다.

"무엇이 좋고 무엇이 나쁜 건가요? 제가 그런 식으로 말한 적이 있던가요? 이게 옳다, 저게 그르다 하고요."

"……."

"플러스 카르마라고 올바른 건 아니고, 마이너스 카르마라고 그른 건 아니에요. 그저 플러스 카르마만큼의, 마이너스 카르마만큼의 대가가 돌아오게 될 뿐이죠. 그 대가를 옳게 여길지 나쁘게 여길지는 받아들이는 개개인의 몫이죠."

그것은 어떤 의미로 더 무섭게 들렸다.

선악(善惡)을 구분하지 않겠다. 이게 올바르다고 길을 제시해 주지 않겠다. 다만 어떤 일을 행하든 그 대가를 치러야 할 뿐이다.

……그렇게 이야기하는 것이다.

"선택도 마찬가지예요. 최종 시험이 클리어되든지 클리어 되지 않든지 그걸 옳다 그르다 판결하지 않을 거예요. 다만 대 가를 치를 뿐이죠. 그 대가를 상이라 여길지, 벌이라 여길지는 여러분께 달린 일이고요."

나는 몸이 떨려왔다.

아레나와 단절되지 않게 해주겠다. 계속 마정을 얻을 수 있 게 해주겠다.

그것은 결코 좋게 들리지 않았다.

마정을 얻기 위해 중국 시험단이 아레나에서 자행한 짓을 생각해 보라.

뿐만 아니라 수많은 타락한 시험자가 마정을 위해 비슷한 짓거리를 했을 터였다.

그 대가가 고스란히 돌아온다는 건, 결코 좋게 들리지 않았 다.

"잠깐! 꼭 내가 아니어도 되잖아. 아니, 내가 죽더라도 누군 가가 시험을 끝까지 클리어할 수도 있어. 예를 들면 데이나 리 트린 같은 시험자가 말이야!"

"과연 그럴까요?"

"무슨 뜻이야!"

"여기까지예요."

아기 천사의 단호한 말에 나는 꿀 먹은 벙어리가 되었다.

복잡한 기분을 안은 채 시험은 시작되었다.

시험의 문을 통과해 보니 지난 시험에서 끝마쳤던 울펜부르크 백작가의 객실이었다.

침대 위에 앉아 있던 나는 창가 쪽 테이블에 앉아 있는 차지혜를 발견했다.

"시험은 확인하셨습니까?"

"아직요."

"확인해 보십시오. 속단할 수는 없지만 크게 어려운 시험은 아닙니다."

그녀의 말에 나는 석판을 소환해 보았다.

―성명(Name): 김현호

―클래스(Class): 43

―카르마(Karma): +50

―시험(Mission): 제한 시간 동안 아만 제국의 침공에 대비하라.

―제한 시간(Time limit): 720일 23시간

'침공에 대비하라니.'

범위가 굉장히 넓은 말이었다.

일단은 아렌드 왕국의 국왕 알세르폰 3세로부터 하사받은 영지를 잘 다스려서 군사력을 키워 전쟁을 준비하라는 뜻인 것 같았다.

하지만 영지를 다스리는 차원의 준비도 될 수 있고, 그냥 개인적으로 전쟁에 대비해도 달성하지 못했다고 할 수는 없었다.

그저 대비하라는 말은 해석하기 나름이라 어떻게 해도 클리어할 수 있다고 생각되었다.

"달성 미달성이 없는 종류의 시험입니다."

차지혜가 말했다.

"뭔가 아시는 게 있나요?"

"현호 씨도 전에 겪어보셨지요. 갈색산맥의 엘프들을 도우라는 시험과 함께 제한 시간만 주어졌던 시험 말입니다."

"네."

"이번에도 마찬가집니다. 제한 시간으로 주어진 2년간 우리가 할 수 있는 최선을 다해 대비하면 되고, 시험이 종료되면 그게 채점되어서 카르마 보상으로 나타날 겁니다."

"아, 그게 달성 미달성이 없는 종류의 시험이네요?"

"그렇습니다. 하지만 미달성에 가까운 가혹한 채점을 받을수도 있습니다. 할 수 있는 일을 하지 않고 태만했던 만큼 마이너스 카르마가 주어지는 경우를 들은 적 있습니다."

"우리야 당연히 최선을 다할 테니 그건 상관없겠네요."

"물론입니다."

사실 이번 시험 자체는 문제가 아니었다.

죽기 살기로 싸워야 하는 일도 아니니 무난하게 해낼 수 있겠지.

다만 아까 아기 천사에게 들었던 이야기가 머릿속에서 떠나지를 않았다.

내가 시험을 전부 클리어하지 못한다면 대체 무슨 일이 벌어지는 걸까?

"원하는 대로 해줄 거예요. 아레나와 단절되지 않게, 계속 마정을 손에 넣을 수 있게 말이죠."

대체 저 말의 본뜻이 뭐냔 말이야!

단순히 지금처럼 계속 시험자들이 아레나를 오갈 수 있게 한다는 걸까?

하지만 그건 아닌 것 같았다.

"그래서 율법은 이제 이 시험이라는 것 자체를 끝내려 하고 있어요. 그럼 언제 끝내야 할까요? 그게 바로 당신이에요, 시험자 김현호."

저 말을 곱씹어보면 내가 시험에 실패하면 이 시험이라는 시스템을 더 이상 유지하지 않겠다고 했으니까.

그럼 시험이 없어졌는데 어떻게 아레나를 계속 오가며 마정을 손에 넣을 수 있게 한다는 거란 말인가.

바로 그 점이 이해되지 않는 것이다.

내가 정말 걱정되는 건 자칫 나 같은 시험자뿐만 아니라 현실세계 전체가 위험에 처하는 건 아닐까 우려된다.

내 가족들까지 위험에 처하게 될지도 모르는 일이다.

꼬옥.

문득 손에서 따스한 온기가 느껴졌다.

차지혜가 내 손을 잡은 것이었다.

"천사의 말이 걱정됩니까?"

"……네."

나는 솔직하게 시인했다.

"염려 마십시오."

"네?"

"어쨌거나 시험을 전부 클리어하면 됩니다. 실패했을 때의
일 따윈 생각할 필요도 없습니다."

"그렇겠죠?"

"기필코 시험을 클리어할 수 있도록 할 겁니다. 제가 그렇게
만들 겁니다."

그녀는 특유의 무표정으로 분명하게 말했다.

"시험을 전부 클리어할 겁니다. 이 시험의 굴레에서 함께 해
방되고서, 현호 씨의 아내가 되어 살고 싶습니다. 현호 씨와 현
호 씨의 가족들과 한 가족이 되고 싶습니다. 그게 지금까지 한
번도 생각해 본 적 없었던 제 소원입니다."

"그게…… 소원이라고요?"

"예."

"정말이죠?"

"정말입니다."

나는 맞잡고 있던 차지혜의 손을 끌어당겨 그녀를 품에 안았다.

가슴속에 응어리졌던 불안함이 사라지고 행복한 기분이 샘솟았다.

역설적이지만 죽어서 시험자가 된 것이 나에게는 행운이었다고 생각된다. 적어도 그녀를 만날 수 있었다는 것만으로도 말이다.

＊　　　＊　　　＊

유지수와 차진혁이 건네준 손수건을 가공간에서 꺼냈다. 그리고 첫째와 둘째에게 냄새를 맡게 했다.

"누구의 냄새인지 기억했지?"

"삐익!"

"삑!"

"찾아갈 수 있겠니?"

"삐이익!"

첫째와 둘째 부부는 고개를 끄덕였다.

휴우, 동물추적 스킬은 처음 써봤는데 이렇게 하는 게 맞는 거였군. 생각보다 간단해서 다행이다.

"좋아, 그럼 두 사람을 태워서 이리로 데려와. 되도록 높게 날아서 이동 중에 사람들 눈에 띄지 말고."

"삐이익!"

"삐이익!"

첫째와 둘째는 힘찬 대답과 함께 대지를 박찼다. 거침없이 날갯짓하며 거대한 덩치에 믿겨지지 않게 빠르게 하늘로 비상했다.

이제 조만간 두 사람을 볼 수 있겠지.

며칠 내내 갈큇발 독수리를 타고 날아오려면 고생들 좀 하겠어.

그동안 나는 차지혜, 오딘과 함께 울펜부르크 백작가에서 머물기로 했다.

마리는 또 다른 시험이 있어서 아쉽지만 금방 작별해야 했다.

"나도 전쟁에 대비하라는 시험을 받았소. 아마도 출세해서 영주의 지위를 갖고 있는 시험자는 모두 이 같은 시험이 나왔을 것이라 생각되오."

"확실하게 아만 제국과의 전쟁이 발발한다는 뜻이네요."

"그렇소. 두 분은 이곳에 머무는 동안 영지 업무가 어떤지 날 보고 배우도록 하시오. 내가 썩 훌륭한 영주는 아니어도 그럭저럭 어디 가서 욕먹지는 않소, 하하."

그래서 나와 차지혜는 마치 수행원이 된 것처럼 오딘을 쫓아다녔는데, 정말로 오딘은 간혹 가다 우리에게 심부름을 시켰다. 간단한 일은 직접 해보면서 익히라는 배려였다.

그렇게 곁에서 지켜보면서 나는 오딘의 카리스마에 감탄하지 않을 수 없었다.

정말 사람을 잘 다루는 걸 보면 나와는 다른 리더형 인간이구나 싶었다.

내가 오딘처럼 아랫사람을 능숙하게 다룰 수 있을까?

……무리일 것 같은데.

이 나이까지 공무원 시험 준비 하며 지낸 나에게 리더의 자질이 숨겨져 있었다고는 전혀 생각되지 않거든!

그 부분에 있어서는 차지혜를 믿기로 했다. 군인 출신인 그녀는 그런 면에 매우 특화되어 있으니까.

그렇게 나흘쯤 지났을 때, 마침내 기다리던 사람들이 도착했다.

유지수와 차진혁이었다.

"으아아!"

첫째 위에서 뛰어내린 유지수는 비명을 지르며 기지개를 켰다.

"아오, 머리에서 냄새 완전 대박! 오는 내내 씻지도 못하고!"

"휴우, 죽는 줄 알았군. 대체 뭐라고 명령을 했기에 독수리들이 오는 내내 조금도 쉬지 않아?"

차진혁의 불평에 나는 에헤헤 웃으며 넉살 좋게 답했다.

"깜빡했어요. 잠시 쉬었다 오라고 일일이 명령을 내리지는 않았거든요."

두 사람은 이글거리는 눈빛으로 날 노려보았다.

"어쨌든 일찍 왔으니 잘됐습니다."

차지혜가 한마디로 간단히 정리해 버리자 울컥한 두 사람이 었다. 하지만 도움받는 입장이라 더는 뭐라 투덜거리지 못하는 눈치였다.

나는 두 사람에게 인공근육슈트와 교신기를 건네주었다.

다음 날, 우리 넷은 울펜부르크 백작가를 떠났다.

마침내 내 영지로 향하는 것이었다.

"또 독수리를 타고 가야 하는 거야?"

유지수가 울상이 되었다.

체력보정을 습득하긴 했지만 기본적으로 마법사라 체력이 약한 그녀는 독수리를 타고 하루 종일 이동하는 것을 부담스러워했다.

나는 씨익 웃으며 말했다.

"걱정 마세요. 곧 좋은 걸 태워 드릴게요."

우리는 함께 독수리를 타고 가다가 사람이 없는 지역으로 이르자 가공간에서 자동차를 꺼냈다.

마정으로 움직이는 슈퍼카 MSM—2였다.

"으, 으와아! 그게 뭐야?!"

"자동차?! 한 번도 본 적 없는 종류인데? 아니, 그보다 아레나에서 자동차?!"

유지수와 차진혁은 그야말로 기절초풍하며 내 애마를 바라보았다.

특히 차진혁은 보닛을 열어보기도 하며 감탄을 거듭했다.

그러고 보니 차진혁은 시험자가 되기 전에는 자동차 정비사였다고 했지.

차는 2인승이었으므로 넷 중 둘은 독수리를 타거나 천장 위에 타고 가야 했다.

차진혁은 자기가 운전을 해보고 싶다고 나섰고, 유지수도 절대로 시트에 앉아 편히 가고 싶다고 뻗댔다.

그런데 옆에서 차지혜가 슬쩍 내 옆구리를 찌르며 말했다.

"두 사람을 가공간에 넣어버리십시오. 영지에 도착하면 꺼내면 됩니다."

"아, 그런 방법이 있었네요."

마스터한 가공간은 생명체를 수납할 수 있으니 당연히 사람도 본인의 동의하에 가능했다. 이미 차지혜와 실험을 해본 결과였다.

"그런 아이디어를 생각하시다니, 어지간히도 운전을 하고 싶으셨나 보네요."

"아레나가 아니면 탈 기회가 많지 않으니까요."

차지혜는 순순히 인정했다.

나는 두 사람에게 가공간의 특별한 능력에 대해 설명했다.

"우릴 가공간에 넣겠다고? 그게 가능해?"

유지수의 물음에 나는 고개를 끄덕였다.

"예, 동의를 하시면 넣을 수 있어요. 도착하면 다시 꺼내면 되고요."

"그거 건강이나 뭐나 문제없는 거야? 그 안에서 나 아무것도 못하고 갇혀 있는 건 아니고?"

"가공간 안에서는 시간이 흐르지 않아요. 눈 깜짝할 사이에 도착해 있을 거예요."

"진짜? 그럼 동의할게. 날 가공간에 집어넣어줘."

"네."

난 유지수의 손을 잡고 '넣어' 라고 명령을 내렸다.

파앗!

유지수의 신형이 사라져 버렸다.

나는 이어서 차진혁에게 손짓했다. 차진혁은 못내 불안한 기색이었다.

"괜찮은 거 맞나 모르겠군."

"걱정 말고 빨리 와요."

나는 결국 차진혁까지 가공간에 수납해 버렸다.

차지혜는 운전석을 차지했다.

내가 보조석에 타자 곧장 시동을 걸고 엑셀을 밟았다.

마치 이 날을 기다렸다는 듯이 그녀는 신나게 속력을 내기 시작했다.

*　　　*　　　*

헤인스 영지.

갈색산맥과 울펜부르크 영지, 그리고 옛 바스티앙 영지 사이에 낀 지역이었다.

오랫동안 헤인스 자작가가 지배했던 곳이기에 이미 헤인스 영지라고 불린 지가 백여 년이 넘었다고 한다.

이젠 킴 백작, 즉 나의 영지가 되었지만 지명은 그냥 헤인스 영지로 놔두기로 했다. 킴 영지라고 하면 좀 이상하잖아?

아무튼 우리는 헤인스 영지에 도착했다.

들판에서는 MSM—2를 타고 달리고, 험한 산지에서는 갈큇발 독수리를 타며 거침없이 달려서 불과 사흘 만에 도착한 것이었다.

더 일찍 도착할 수도 있었지만 차지혜와 단둘이 오붓하게 있고 싶어서 여유롭게 이동했다.

청혼과도 같은 차지혜의 말 이후로 우리 사이는 더 각별해졌다.

옆에 그녀가 있는 것만 봐도 안심이 되고 마냥 좋으니, 이거 정말 내가 미쳤구나 싶을 정도였다.

헤인스 영지에 도착해서 사람 사는 지역에 이르자 우리는 MSM—2를 가공간에 집어넣고 독수리를 타고 이동했다.

태블릿PC를 꺼내 내장된 아레나 지도를 확인하며 비행하자 금방 헤인스 자작가의 성채를 찾을 수 있었다.

이젠 킴 백작가라 불리게 될 성채였다.

12장

리트린

"오셨네요."

고대 그리스 시대의 복식을 연상케 하는 튜닉을 입은 자그마한 소녀 천사였다.

소녀 천사의 푸른 눈동자는 눈앞에 소환된 청년을 바라보고 있었다.

긴 흑발, 큰 키, 완벽한 균형을 이루는 이목구비와 하얀 피부를 가진 미남자였다.

데이나 리트린은 미소를 지었다.

"안녕."

"안녕하세요, 시험자 데이나 리트린. 편안한 휴식되셨나요?"

"덕분에. 너도 잘 있었니?"

"저는 언제나 좋지도 나쁘지도 않은 온전한 상태에요."

"평소와 같다면 잘 지낸다는 뜻이네. 다행이구나."

데이나는 그리 말하며 자상하게 웃었다.

남녀노소, 누구에게나 호감으로 다가올 매력적인 웃음 앞에서도 소녀 천사의 얼굴은 무표정했다.

"시험자 데이나 리트린, 오늘은 중요한 심경의 변화가 있으셨네요."

"응."

"판결하는 자를 만나셨군요."

"판결하는 자? 그건 김현호를 지칭하는 표현이니?"

"네."

"그가 무엇을 판결하는 것이니?"

"모든 것."

"모든 것을?"

"네."

데이나는 잠시 눈을 감고 생각에 잠겼다.

혜성처럼 세계 랭킹 톱 10에 등장한 한국의 시험자 김현호.

폭풍 같은 성장과 수없이 구사한 특별한 스킬들.

선량하면서도 의지가 있는 눈빛이 떠올랐다.

"역시 그는 특별한 존재였구나."

"그래요."

"현 상황을 고려해 보면 모든 것을 판결한다는 건 최종 시험을 의미하는 거겠지?"

"……."

소녀 천사는 대답하지 않았다. 하지만 데이나는 긍정으로 받아들였다.

"그가 판결한다는 것을 내가 할 수는 없는 거니?"

"……."

"그 마지막에 내가 그보다 먼저 닿을 수는 없는 거니?"

"시험자 데이나 리트린은 판결하는 자보다 먼저 닿지 못해요."

데이나는 잠시 침묵했다.

그리고 다시 말했다.

"난 최종 목적에 이르기 전에 죽는 거니?"

"그건 시험자 데이나 리트린의 선택에 달렸어요. 이번 시험에서 시험자 데이나 리트린은 죽을 수도 살 수도 있어요."

데이나가 그동안 세 차례 클리어를 미뤄온 시험은 그 난이도가 매우 높은 극악한 위험을 자랑했다.

천하의 그조차도 망설일 수밖에 없을 정도의 위험한 시험.

데이나는 바로 그 시험을 다시 앞두고서 소녀 천사에게 자신의 운명을 묻고 있는 것이었다.

삶과 죽음의 갈림길.

시험 클리어를 시도하느냐 그냥 포기하느냐.

어느 쪽이 살아남을 수 있는 쪽일까?

데이나는 심각하게 고민하지 않을 수가 없었다.

파아앗!

시험의 문이 그의 앞에 나타났다.

소녀 천사는 시험의 문을 가리켰다. 어서 떠나라는 제스처였다.

데이나는 시험의 문을 열며 소녀 천사에게 웃어 보였다.

"있다가 다시 보자."

"……."

파앗!

데이나의 훤칠한 신형이 문틈의 빛 속으로 스며들 듯이 사라졌다.

*   *   *

눈을 떴을 때, 데이나는 빛이 들지 않는 어둠 속에 있었다.

"심연의 눈동자."

파앗!

데이나의 손바닥에서 야구공만 한 크기의 동그란 푸른 구체가 생성되었다.

심연의 눈동자는 어둠 속에서 원활하게 주위를 볼 수 있게 해주는 마법이었다.

손바닥에 생성된 푸른 구체가 바로 심연의 눈동자, 바로 마법 사용자의 제3의 눈이었다.

푸른 구체에 비치는 주위 시각 정보가 모두 사용자에게 전달된다.

이 심연의 눈동자는 동그란 모양이므로 360도를 전부 볼 수 있다는 장점도 있었다.

매우 높은 수준의 마법사라면 시각뿐만이 아니라 청각 정보까지도 심연의 눈동자를 통해 전달받을 수 있는데, 데이나도 그걸 할 수 있었다.

데이나는 심연의 눈동자를 통해 주위를 바라보았다.

지하실.

햇살도 촛불도 전혀 없지만 나름대로 침대와 책상과 책장 등이 잘 갖춰진 그의 개인 공간이었다.

그리고…….

탁자 위에는 데이나가 방금 만든 것과 똑같이 생긴 심연의 눈동자가 놓여 있었다.

데이나는 웃으면서 그 심연의 눈동자를 향해 정중히 인사했다.

"오늘도 문안인사 드립니다, 스승님."

그랬다.

그것은 그의 스승의 심연의 눈동자였다.

스승은 그것을 이 방에 놓아서 데이나를 365일 24시간 감시하고 있었던 것이다.

—일어났느냐?

불길한 목소리가 데이나의 머릿속으로 울려 퍼졌다.

텔레파시로 전달되는 메시지였다.

하지만 정작 스승은 타인의 텔레파시가 자기 머릿속에 들어오는 것을 몹시 꺼려했다.

때문에 데이나는 텔레파시가 아닌 육성으로 대답해야 했다.

"예, 보시다시피."

─오늘은 서둘러라. 중요한 결정을 내리게 될 것이다.

"중요한 결정 말씀이십니까?"

─그렇다. 최고사제께서 대사제를 모두 소집하셨다. 해적군
도에서 죽어버린 알란 녀석만 빼고 전부 모일 것이다.

"아주 중요한 결정이 내려지겠군요."

─그래, 어쩌면 오늘 우리의 비원(悲願)을 마침내 실행에 옮
길지도 모르지.

"그날이 마침내 오는군요. 가슴이 벅차고 설렙니다."

데이나는 눈썹 하나 까딱 하지 않고 거짓말을 했다.

─물론 그래야지. 아무튼 서두르도록 해라.

스승의 텔레파시가 계속 이어졌다.

─너도 대사제이니 말이다.

"예, 스승님."

데이나는 늘 그렇듯 화사한 웃음을 지어 보였다.

　　　　　　*　　　*　　　*

데이나는 채비를 마치고 방을 나섰다.

바깥 역시 빛 한 점 없는 거대한 홀이었다.

지하궁전.

아만 제국 왕궁의 지하에 있는 광활한 어둠의 장소.

그러나 정작 이 지하궁전의 존재를 아는 사람은 아레나 세계를 통틀어 10명도 되지 않았다.

그리고 시험의 최종 목적이자 모든 일의 원흉인 흑마법사 세력의 근거지이기도 했다.

데이나 리트린.

그는 처음 시험자가 된 후로 수많은 시험을 거친 끝에 이곳에 다다랐다.

그는 능히 견뎌냈지만 힘겹고 고통스러운 나날이었다.

마법을 메인스킬로 얻고서 마법학회에 들어가 전도유망한 마법사의 길을 걸었으나, 마법학회에 침투해 있던 흑마도사의 눈에 들었다.

마법사들 무리 안에서도 자신의 흑마력을 숨길 줄 아는 엄청난 수준의 흑마도사.

바로 지금의 그의 스승이었다.

스승은 재능이 넘치는 데이나 리트린을 탐냈다.

그래서 은근히 접근해 오며 조금씩 의향을 본떴다. 어둠의 길로 조금씩, 아주 조금씩 인도하였다.

데이나 역시 마찬가지.

시험으로 인해 그의 제자가 되어야 했던 데이나는 아주 조금씩 어둠으로 빠지고 싶은 의향을 드러냈다.

의심을 사지 않도록 아주 조금씩 어둠으로 빠져가는 모습을 스승에게 보여주어야 했다. 그것은 굉장히 힘든 일이었다.

하지만 결국 해냈다.

그는 스승의 제자가 되면서 흑마법사로 전향하였다.

흑마력이 몸에 침투하여 심장을 잠식해 들어가던 때의 고통을 그는 잊지 못했다.

뜨거운 인두로 낙인을 찍듯이 흑마력은 데이나의 몸에 자리 잡았다.

―넌 이제 어둠의 길을 걷게 되었다. 다시는 빛으로 돌아갈 수 없으며, 네 생사여탈권은 나에게 달려 있다. 네 흑마력 서클에 종속의 인(印)이 새겨져 있음을 언제나 명심해라.

"예, 스승님."

종속의 인.

스승이 원하면 언제든 흑마력 서클을 파괴시킬 수 있는 권한의 저주였다.

지독히도 남을 믿지 않는 스승은 제자에게 그런 굴레를 씌워서 딴 마음을 먹는 즉시 모든 걸 빼앗을 수 있도록 안전장치를 걸어놓은 것이다.

데이나는 그것을 감내했다.

그리고 지금까지 계속 스승의 신뢰를 받기 위해 일한 끝에 오늘날의 위치에 올랐다.

대사제.

최고사제 바로 아래에서 실질적으로 조직을 이끄는 6인 중 한 사람이 된 것이다. 이제는 5명밖에 남지 않았으니 더욱 비중이 높아졌다고 할 수 있었다.

그리고 마침내 그에게 내려진 시험.

—시험(mission): 대사제 아프리트를 사살하고 부활의 의식을 늦 춰라.

대사제 아프리트는 바로 그의 스승이었다.

부활의 의식은 지금껏 그들이 준비해 온 최후의 비원이었다.

맥런 회장은 맥런 가문의 사업적 이유 때문에 시험을 3회나 거른 줄 알고 미안해했지만, 실은 그 때문만이 아니었다.

수많은 시험을 돌파하여 여기까지 다다른 대담한 데이나라 할지라도, 이 시험만은 숨 막히는 위험을 감수해야 했다.

무엇보다도 흑마력 서클에 스승이 새겨놓은 종속의 인.

스승이 마음을 먹으면 언제든 자신의 흑마력 서클을 파괴할 수 있다.

지금껏 이루었던 흑마력이, 흑마법이 송두리째 사라져 버리 는 것이었다.

그 상실감은 둘째 치더라도, 의식을 방해한 대가로 다른 대 사제들과 최고사제에게 당할 응징은 어떻게 감당해야 할까?

의심 많은 스승 아프리트는 무슨 수로 처치할까?

그 고민들이 지금까지 데이나의 마음을 무겁게 내리누르고 있었다.

"그건 시험자 데이나 리트린의 선택에 달렸어요. 이번 시험에서 시험자 데이나 리트린은 죽을 수도 살 수도 있어요."

데이나는 쓴웃음을 지었다.

포기해야 하나?

아니면 실행해야 하나?

어느 쪽이 살 수 있는 길이란 말인가?

데이나는 걸음을 옮긴 끝에 지하궁전의 중앙 홀에 이르렀다.

그곳부터는 다른 자들이 있었다.

데이나는 품속에서 하얀 가면을 꺼내 얼굴에 썼다. 그리고 로브에 달린 후드를 깊숙이 눌러썼다.

여기서부터는 얼굴을 가려야 할 이유가 있었다.

중앙 홀의 정중앙에는 육각형 기둥 모양의 방이 있었다.

실로 거대한 육각형 기둥.

여섯 면에는 각각 문이 하나씩 총 여섯 개가 있었다. 그 여섯 문은 오직 대사제만이 출입할 수 있었다.

육각형 방의 문 앞에는 몇 명의 사내가 있었다.

그중 한 사내가 가면을 쓴 데이나에게 다가왔다.

"오셨습니까, 대사제님."

"리창위인가."

"예, 대사제님."

사내, 리창위는 히죽 웃으며 고개를 숙여보였다.

중국 시험단을 완벽하게 장악한 그는 여전히 흑마법사들의 편에 서서 시험 공략을 가로막는 역할을 하고 있었다.

대사제들은 리창위 무리를 부리면서 그들이 가장 원하는 것, 마정을 많이 얻을 수 있게 해주었다.

때문에 리창위는 기꺼이 그들의 하수인 행세를 하는 것이었다.

'아마 대사제 누구를 죽여라, 정도의 시험을 받은 상태겠지.'

데이나의 얼굴은 아레나 업계에 많이 알려져 있으므로, 그는 리창위에게 정체를 들키지 않게 가면을 착용한 것이다.

공식적인 이유는 웃는 얼굴이 기분 나쁘다는 대사제 몇 사람의 비아냥거림 탓이었지만 말이다.

"수고하도록. 곧 좋은 소식이 전해질 것 같다. 그때는 너 역시 원하는 것을 마음껏 취할 수 있을 것이다."

"기대하겠습니다."

리창위는 승냥이처럼 웃으며 물러났다.

데이나는 육각형 방 문 하나를 열고 안으로 들어섰다.

육각형 방 안은 기괴한 풍경이 펼쳐져 있었다.

중앙에 피로 새겨진 시뻘건 마법진이 음산한 붉은 광채를 내며 빛나고 있었다.

그 마법진 위에는 누군가가 고이 잠들어 있는 거대한 석관(石棺)이 있고, 그 주위로 동그란 구슬이 잔뜩 널려 있었다.

어지럽게 흩뿌려져 있는 그 구슬들은 전부 가짜 영혼이었다.

방의 여섯 벽에 대사제들이 각각 서 있었다. 그의 스승 아프리트도 보였다. 얼마 전에 죽은 대사제 알란의 자리만 비어 있을 뿐이었다.

"모두 왔나."

위에서 웅장한 목소리가 좁은 여섯 벽을 타고 울려 퍼졌다.

대사제 5인이 일제히 위를 올려다보았다.

어림잡아도 200미터.

까마득히 높은 곳에 있는 옥좌(玉座)에 최고사제가 앉아 있었다.

최고사제는 평범한 체격의 중년 사내였다. 다만 머리에 쓴 황금관은 범상치 않았다.

아만 제국 술탄의 상징이었기 때문이다.

5인의 대사제는 육면의 벽에 각각 서서 위를 바라보았다.

무려 200미터 높이에 위치한 권좌.

그곳에 오만하게 앉아 그들을 굽어 내려다보는 이가 있었다.

아만 제국의 술탄이자 이 불길하고 은밀한 조직의 최고 사제, 사록 푼 아만이었다.

5인의 대사제는 고개를 들어도 보이지 않는 이를 향해 무릎을 꿇고 예를 갖췄다.

예를 갖추고 있으면서도, 데이나는 위에 있는 술탄 사록보다는 눈앞에 보이는 마법진과 석관(石棺)을 주시하고 있었다.

'언제나 바로 코앞에 있는데 말이지.'

쓴웃음이 나왔다.

대사제들 간에는 '재래 결사대' 라는 명칭으로 부르는 이 조직의 궁극적인 목적이 바로 코앞에 보이는 석관이었다.

저 석관에 잠든 고인(故人)이 바로 이곳에 모인 모두의 원념을 담고 있는 대상이었다.

저 안에 담긴 고인의 유체(遺體)를 훼손하기만 하면 시험의 최종 목적을 달성한 것이나 다름없으리라.

하지만 그건 불가능했다.

아니, 정확히는 불가능하다고 짐작될 뿐이었다.

석관에서 풍겨지는 불길한 기운은 대담한 데이나로서도 건드릴 엄두를 내지 못하게 했다.

그럴 수밖에 없는 것이, 저 석관도 마법진도 모두 안에 잠든 고인이 직접 제작한 것이었다.

사상 최고의 흑마법사이자 네크로맨서.

그러면서도 세상 그 누구에게도 그 사실을 들킨 적 없었던 진정 유사 최고의 흑마도사.

그게 바로 석관 안의 고인이었다.

"때가 임박하였다."

높은 옥좌에 있는 술탄 사록이 입을 열었다.

그의 목소리가 육각형의 벽을 타고 묘한 울림으로 퍼졌다.

"이제야 그분을 깨우기로 결심하게 되었다."

이에 데이나를 포함한 5인의 대사제가 옥좌를 향해 고개를 올려다보았다.

5인의 대사제 중 데이나의 스승인 아프리트가 말했다.

"최고 사제시여. 하지만 아직 저희가 모은 영혼력의 수치가 충족점에 도달하지 않았습니다."

"안다."

술탄 사록이 말했다.

"하지만 최소점은 넘어섰다. 최소한의 조건은 달성된 셈이다."

"하지만 최소점은 후대의 연구에 의해 밝혀낸 것이지, 그분께서 남기신 유지가 아니지 않습니까."

"그래서 지금까지 참고 기다린 것이었다. 하지만 보아라. 하늘의 명을 받고서 우리의 대업을 방해하려는 이가 얼마나 많단 말이냐? 그들은 마침내 대사제 알란까지 해치고 말았다."

"······."

"무엄한 무리들의 칼날이 우리의 턱밑까지 짓쳐 들었거늘, 얼마나 더 기다려야 한단 말이냐."

아무래도 술탄은 대사제 알란의 죽음이 충격이었던 모양이었다.

지난 수백 년간 대사제가 누군가에 의해 죽은 적은 단 한 번도 없었던 것이다.

'틀린 말은 아니야. 아니, 아주 소름 끼치게 정확한 말을 하긴 했군.'

데이나는 옥좌를 올려다보며 속으로 웃었다.

'난 당신의 턱밑에 있지.'

그런 생각에 잠겨 있는 동안에도 논쟁은 계속됐다.

"최고 사제시여. 하오나 저희가 후대에 알아내었던 사실을 그분께서 모르셨겠습니까? 그분께서 살아생전에 유지로 남긴

충족점은 그만한 이유가 있지 아니하겠습니까? 혹여나 어떤 부작용이 발생할까 두렵기만 합니다."

"그럼 얼마나 더 기다려야 한단 말이냐?"

술탄 사록이 역정을 냈다. 신경질적인 목소리가 육각형 방을 쩌렁쩌렁하게 채웠다.

"우리의 상대가 누구라고 생각하느냐? 다른 세계에서 온 무리들? 천만에! 하늘이다. 신이 우리를 몰락시키기 위한 안배를 하고 있다. 시시각각으로 짐의 숨통을 조여오고 있다. 그들이 끝내 짐을 시해해 목적을 달성하도록 충분한 시간을 주자는 말이더냐?"

"그런 것은 아니옵니다."

아프리트의 반대가 한층 수그러졌다.

술탄 사록이 말했다.

"더는 시간을 끌 수가 없다. 인고의 기다림은 더 이상 없다. 오늘 당장 대업을 완수하겠다."

그 선언이 내려지자 대사제들은 일제히 부복했다.

"명을 받드나이다."

"명을 받드나이다."

하지만 표정이 그다지 좋지 않은 사람이 두 명 있었다.

바로 반대했던 아프리트와 그의 제자이자 시험자인 데이나 리트린이었다.

수백 년 전, 인세에 다시없을 위업을 달성한 절대군주가 있었다.

3대 술탄, 카자드 푼 아만.

대륙을 재패하고 전 인류의 정점에 선 군주 중의 군주였다.

위대한 흑마도사이자, 그 사실을 어떤 마법사에게도 들키지 않고 숨길 수 있을 정도로 경지가 높았던 그는 전 대륙이 통일된 아만 제국을 통치하며 평생을 군림했다.

하지만 살아생전, 그는 앞날을 내다보고 있었다.

전 대륙, 전 인류의 지배자란 그만한 그릇이 있는 술탄이 아니면 감당할 수 없다는 사실을 말이다.

적통과 방계, 아들과 딸을 가리지 않고 지배자 교육을 시켜 보았으나 그 누구도 충분한 그릇이 없었다.

술탄 카자드만 한 인물이 그의 슬하에는 없었다.

"내가 죽으면 세상은 또 갈라져 서로 다투겠구나."

안타까워한 술탄 카자드는 자신의 뛰어난 네크로맨시를 이용하여 한 가지 계획을 준비했다.

바로 자기 자신의 부활이었다.

그냥 언데드로서의 부활이 아니었다.

진실로 살아 있는 육체와 정신!

그리고 영원히 노쇠하지 않는 생명!

영혼의 파편을 모아 가짜 영혼을 제작하는 비술도 술탄 카자드에 의해 정립되었고, 이 계획을 실행에 옮길 조직을 결성했다.

기나긴 세월이 지나도 변질되지 않고 목적을 달성할 수 있도록 은밀화되고 금욕적이고 종교화된 조직을 만들었다.

그것이 재래 결사대였다.

술탄 카자드의 생각대로 그의 사후에 아만 제국의 통일체제는 무너져 내렸다.

그 같은 카리스마를 가진 술탄이 다시는 나오지 않았고, 나라는 분열에 분열을 거듭한 끝에 오늘날에 이르렀다.

아만 제국의 역대 술탄들은 나라와 더불어 재래 결사대를 이어받으면서, 정세가 어려워질 때마다 술탄 카자드의 대업을 떠올렸다.

술탄 카자드가 돌아온다면 이 모든 어려움이 극복된다는 신앙이 역대 술탄의 뇌리에 깊이 박혀 있었다.

그것은 술탄 카자드의 안배대로 종교화된 재래 결사대의 믿음이 각인된 결과였다.

역대 술탄들은 대업을 보다 빨리 이룰 방법이 없는지를 연구했다.

대대로 연구를 하였고, 그 결과 모아야 하는 영혼력의 최소치를 발견하였다.

술탄 카자드가 직접 장치한 석관과 마법진의 술식을 분석한 결과, 유언보다 더 적은 양의 영혼력으로도 그를 부활시킬 수 있다는 걸 알아낸 것이다.

하지만 그것은 술탄 카자드의 뜻이 아니었고, 그 때문에 논란이 되어서 결국 오늘날까지 대업이 미루어졌다.

그리고 바로 지금, 술탄 사룩 푼 아만이 마침내 오랫동안 닫혀 있었던 뚜껑을 열려고 하는 것이었다.

현 술탄 사록이 성급했던 것일까?

꼭 그렇지만은 않았다.

시험자의 존재를 알게 된 것은 바로 현 술탄 사록이 집권하고부터였다.

하늘이, 신이 아만 제국의 몰락을 위해 안배했다는 사실에 큰 충격을 받은 술탄 사록은 마음이 급해졌다.

죽은 사람을 되살리는 것.

다시는 멸하지 않는 절대자를 탄생시키는 것.

그 모든 것은 자연의 섭리에 어긋나는 일이었다.

어쩌면 이를 저지하려는 시험자의 존재 자체가 자연의 정화 작용인 것인지도 몰랐다.

때문에 술탄 사록은 그 시험자 무리와 하늘의 안배가 자신이 감당하기 버겁다고 판단하였다.

다소 무리수를 두면서까지 무리하게 일을 진행하였고, 결국은 오늘날에 이르렀다.

백여 년 가까이 재래 결사대의 대사제로 있었던 알란의 죽음은 술탄 사록의 인내심을 바닥나게 했다.

"의식을 거행한다."

"옛!"

술탄 사록의 말에 대사제들이 단단히 각오한 엄숙한 얼굴로 대답했다.

'이젠 어쩌지?'

데이나는 숨 막히는 긴장감을 느꼈다.

죽느냐 사느냐의 갈림길.

자신이 해야 할 일은 알고 있지만, 이 자리에서 일을 벌였다가는 살아남을 수나 있을지 알 수 없었다.

술탄 사록은 별것 아니라는 판단이 들었지만, 문제는 네 사람의 대사제들.

그중에서도 스승 아프리트가 문제였다.

'종속의 인을 발동하면 내 흑마력 서클은 송두리째 흩어지겠지. 날개 한 쪽을 뜯기고 시작하는 셈이군.'

다른 날개 한 쪽이 더 있지만, 그것만 가지고는 부족할지도 몰랐다.

무언가 다른 게 더 필요하다.

이 자리에 모인 이들에게 대항하고 탈출할 수 있는 무기가.

모든 경우의 수를 놓고 아무리 계산해 보아도 견적이 나오지 않는다.

초조해져 가는 데이나의 마음과 상관없이 의식은 시작되었다.

오온―

오온―

오온―

오온―

대사제들이 입을 모아 묘한 소리를 내기 시작했다.

그들의 목소리가 공명을 이루었다.

아프리트가 데이나에게 눈치를 주었다. 그제야 데이나도 이

들을 따라했다.

　오온—

　다섯 목소리의 공명.

　그와 함께 그들의 심장에 서클로 매듭되어 있는 흑마력이
흘러나왔다.

　파아아아앗!

　다섯 가닥의 흑마력이 꼬여들었다.

　마치 심장에 서클로 자리 잡히는 것처럼 그들의 흑마력이
한 데 모여 매듭이 이루어지고 있었다.

　'지금이 가장 좋은 기회인데!'

　모두의 흑마력이 꼬여들고 있을 때 일을 벌이면 대사제 4인
에게 모두 충격을 줄 수 있다.

　아주 잠시 동안 그들은 꼬여든 흑마력을 수습하느라 그를
응징하지 못할 것이다.

　그 '잠시'를 틈타 한 명을 죽인다.

　그리고 탈출한다.

　방 밖은 리창위를 비롯한 타락한 것들이 진을 치고 있으므
로 불가.

　탈출구는 딱 한 군데, 하늘밖에 없었다.

　200미터 위에 있는 옥좌를 너머, 보다 위로 솟아오르면 궁전
의 꼭대기 돔에 다다른다.

　거길 뚫고 빠져나갈 수 있다.

　하지만 솟아오르는 동안 술탄 사록의 저항을 받게 될 것이다.

그리고 흑마력을 수습한 대사제들의 응징을 받을 것이다.

'아무리 생각해도 날개 한 쪽만 가지고는 안 되는데.'

승률이 조금도 나오지 않는다.

이래서는 무리다.

가닥가닥 꼬여든 흑마력에 반응하여 붉게 칠해진 마법진에서 시뻘건 빛을 내기 시작했다.

마법진 위에 놓여진 가짜 영혼의 구슬들이 덩달아 빛나기 시작했다.

그때, 데이나는 멍하니 그 구슬들을 바라보았다.

또 다른 날개……!

'저거라면 혹시?

승률 0%로 귀결되는 계산에 변수가 생겼다. 그 값이 뭐가 될지 예측불허였다.

하지만 해볼 만하다고 여겼다.

데이나는 결심을 굳혔다. 그리고 차분하게 스승 아프리트에게 텔레파시를 보냈다.

─스승님.

─미친 게냐? 내게 텔레파시를 보내지 말라고 하였다.

─무례를 용서하십시오. 긴히 드릴 말씀이 있어서 어쩔 수 없었습니다.

─지금은 무엇보다도 중요한 의식을 거행하는 중이다. 이야기는 나중에 하자.

─지금 해야 합니다. 이것보다 더 중요합니다.

—……뭐냐?

—스승님께서는 자신을 들키지 않을수록 위대한 마법사라고 하셨었지요?

—그렇다. 상대로 하여금 나를 모르게 만드는 것은 우위에 있다는 증거지. 위대하신 3대 술탄 카자드 푼 아만 폐하께서는 살아생전은 물론 후대에까지도 흑마력을 어떤 마법사에게도 들킨 바 없으셨다. 그런데 그건 왜 묻는 거냐?

긴 말이었지만 텔레파시였기에 1초도 안 돼서 전달할 수 있었다.

—그렇다면 오래전부터 드리고 싶었던 말씀을 드려야겠습니다.

—……?!

—당신을 처음 만난 그날, 난 이미 당신보다 뛰어난 마법사였다, 아프리트.

하얀 가면 속의 데이나는 미소를 짓고 있었다.

『아레나, 이계사냥기』 8권에 계속…

현대 소환술사

THE MODERN SUMMONER

FUSION FANTASTIC STORY
현윤 퓨전 판타지 소설

하늘이 무너져도 솟아날 구멍은 있다!

드래곤의 실험으로 모진 고난을 겪어야 했던 레비로식
우여곡절 끝에 소환술사가 되어 최강의 자리에 오르지만
운명은 그를 나락으로 떨어뜨린다.

『현대 소환술사』

다시 한 번 주어진 삶!
그러나 그마저도 암울하기 그지없는데……

소환술사 레비로스의
인생 역전이 시작된다!

Book Publishing CHUNGEORAM

가프 장편 소설

관상왕의
1번룸

FUSION FANTASTIC STORY

거대한 도시의 그늘에서 벌어지는
짜릿하고 통쾌한 이야기!

『관상왕의 1번룸』

텐프로의 진상 처리 담당, 홍 부장.
절망적인 삶의 끝에서 만난 남국의 바다는
그를 새로운 인생으로 인도하는데……

쾌락을 원하는 거부, 성공에 목마른 사업가,
그리고 실패로 절망한 사람들이여.

여기, 관상왕의 1번룸으로 오라!

Book Publishing CHUNGEORAM

유행이 아닌 자유추구 -
WWW.chungeoram.com

박선우 장편 소설
FUSION FANTASTIC STORY

PERFECT GAME

퍼펙트 게임

고통과 좌절의 시간들을 뛰어넘어
불사조처럼 일어나 세계를 제패한 사나이의 일대기.

대한민국을 넘어 메이저리그를 평정하며
명예의 전당에 헌정된 언터처블 투수, 이강찬.

강철 같은 어깨에서 뿜어져 나오는 그의 패스트볼은
무적이었으며 야구계에 길이 남을 **신화**였다.

야구만을 사랑했던 고독한 사나이.
그의 퍼펙트게임이 이제 시작된다!

우각 新무협 판타지 소설

북검전기

2014년의 대미를 장식할,
작가 우각의 신작!

『십전제』, 『환영무인』, 『파멸왕』…
그리고,

『북검전기』

무협, 그 극한의 재미를 돌파했다.

북천문의 마지막 후예, 진무원.
무너진 하늘 아래 홀로 서고, 거친 바람 아래 몸을 숙였다.

살기 위해! 철저히 자신을 숨기고
약하기에! 잃을 수밖에 없었다.

심장이 두근거리는 강렬한 무(武)!
그 걷잡을 수 없는 마력이,
북검의 손 아래 펼쳐진다!

독고진 장편 소설
FUSION FANTASTIC STORY

100마일
100MILE

160.9344km.
투수라면 누구나 던지고 싶은 공.

『100마일』

"넌 야구가 왜 좋아?"

야구가 왜 좋냐고?
나에게 있어 야구는 그냥 나 자신이었다.

가혹할 정도의 연습도,
빛나는 청춘도 바쳤다.
그리고 소년은 마운드에 섰다.

이건 역사상 최고의 투수를 꿈꾸는
어떤 남자의 이야기이다.

Book Publishing CHUNGEORAM

유행이 아닌 자유추구 -
WWW. chungeoram.com